Förord

Hej igen, i handen har du den tredje och sista boken i trilogin om Helga och hennes kompisar i Bergets Bilmuseum.

Ett stort tack går till alla dem som hjälpt till med korrekturläsningen av böckerna.

En trevlig stund hoppas jag att ni får med alla de individer, som ni får träffa på i denna trilogi… Jag har haft det i alla fall.

Ingela

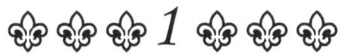

Upplösningen

Ingela Johansson

❦ ❦ ❦ 3 ❦ ❦ ❦

Kapitel 1

Från Folkets Park till museet

Dagen i mars när bilarna ska till att lämna Folkets parks välkända rotunda börjar närma sig alltmer. De på bilmuseet har tillsammans med kommunen gjort upp om vilken väg bilarna ska köra till det Nya bilmuseet. För att lådbilarna ska hänga med får de stå på Grålles flak och på det viset avsluta kortegen.

Denna första vårlika dag när bilarna körs från Folkets park, kom med uppehållsväder, vilket var tur. Solen sken från en klar himmel och luften kändes lika klar. De ställde upp bilarna i en kortege, innan de körde ut på den stora vägen från Folkets Park i den makliga takten av 30km i timmen. Vägen som bilarna ska använda har kommunen tillfälligt stängt av från övrig trafik i 30minuter. Utefter hela vägen samlades en hel del människor som kommit för att få se på när bilarna kom körande. Sist kom Grålle med lådbilarna på flaket.

Första paret ut från rotundan var Helga och Hugo. De fick vänta vid entrén på de andra. Under den tiden passade Hugo på att fråga sin vän…

- Ska bli skönt att få komma till ett nytt museum, eller hur?

- Jo, men hur blir det sen?

- Vad menar du?

- Snickarns verkstad var mysig på sitt sätt, men denna nybyggda lada... Jag vet inte om den har samma själ…, eller vad ska jag säga, samma historia. Den har inte levt…

- Helga lilla, bli inte blödig nu. Vi får komma till ett nytt hus och får vara tillsammans, räcker inte det?

- Jo, visst. Det är bara det att…

- Att…?

- Jag är orolig, för vad vet jag inte… men man vet inte vad som väntas runt hörnet i det nya huset.

- Det snälla du, vet ingen.

Här slutade Hugo, då Adam och Berta kommit fram till dem och på avstånd följde Blåvinge.

- Jaha är det dags att köra iväg nu då… mot museet, ville Adam få veta av Hugo.

- De har inte flaggat iväg oss än… skojade han tillbaka.

- Visste inte att vi skulle ut på något race… kom det syrligt från Berta.

- Berta, kan du inte ta och vända upp dina gipor nu. Du har blivit alldeles för beklämmande under resans gång och vi vill inte ha det så… var det en trött Helga som sa.

- Om jag vill vara nere så är jag nere och det kan du inte göra något åt, kom det snabbt och resolut från Berta.

- Berta, mitt hjärta… Kan du ge mig ett litet leende, jag ber, för alla dina hjullagrar de klirrade i takt med mig den

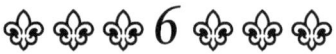

kvällen då vi uti dansen gav oss hän, diktade Blåvinge upp för att ge Berta några ord att fylla dagen med.

- Ska den där säga…, morrade Adam tyst för sig själv nu när han inte längre vågade morra högt inför de andra.

- Vad sa du? Frågade Helga till Adam.

- Ingenting, ingenting alls… intygade han till henne med en mörk röst.

- Nu är det dags… jag ser chaufförerna komma gående…, så tyst med er…, kommenderade Berta till de andra med ett lite lättare sinne.

Innan de fem chaufförerna intog sina platser i bilarna för att ställa upp sig i bilkortegen och köra ut på sin Eriksgata, stod de och väntade vid entrén till Folkets park… Tango som inte har hört hur det har gått med Britta kunde inte låta bli att fråga…

- Båstad, hur är det med Britta nu för tiden…

- Bra, antar jag. Britta och Anders flyttade till Linköping i förra månaden…

- Aj, då det visste jag inte…

- Hade ingen större lust att komma emellan de där två så… Men det finns en annan pärla hos viktväktarna.

- Aha, så du har spanat in en ny tjej… Vem kan det vara då? Frågade Tango lite aningslöst.

- Hmm…, här såg Båstad att Cecil närmade sig. Jaha… det ser ut att vara dags att köra, yttrade sig Båstad och

gnuggade händerna för att få dem lite varma innan han satte sig i Helga.

- Jäpp…, kom det från Tango som kommit ner från Ljusdal enbart för att köra Hugo innan sista flyttlasset från Göteborg går till Ljusdal.

- Snacka inte… Vi måste iväg, högg Cecil av. Båstad och Tango ni kör iväg om tio minuter sen kör Agneta och Benneth, och "sist men inte minst" som man brukar säga, så kör Leif. Jag kommer efter i Grålle med lådbilarna. Jaha, då möts vi på nya museet och till invigningen då…

Det här var allt som Cecil gav order om innan han började surra fast de fyra lådbilarna på Grålles flak, inför färden till det nya bilmuseet. När de nu var på väg mot ett nytt museum som de aldrig varit i, bara hört talas om kände de sig minst sagt något oroliga. Från de andra bilarna hade de fått veta en del om det gamla stället, men hur skulle det bli nu? Vad kommer att hända med lådbilarna när de kommer fram? Resan på Grålles flak fick bli deras lilla äventyr, ett äventyr som de enbart delade med Grålle.

- Bosse, vad tror du kommer att hända med oss? Frågade Anna oroligt för hon hade på känn att deras dagar var räknade.

- Jag vet inte, svarade Bosse, men kanske vi också får stå på museet.

- Tror du verkligen det? Kom det lite spefullt från Todd, som likt Anna, trodde att dagarna var räknade.

 *8*

- Håll i era hästar nu, de är visserligen inte många, men varför spekulera? Försökte Grålle med i en liten protest till lådbilarna på flaket.

- Därför att vi **är** oroliga förstås, kunde inte Sissi låta bli att poängtera för Grålle.

- Visst, visst… Men tänk om det inte blir så?

- Grålle, vet du nått som inte vi vet? Frågade Sissi nyfiket.

- Njaa…

- Ja men…, dra inte ut på det då utan spott ut, som Agneta brukar säga. Kom det irriterat från både Sissi och Anna.

- Jag vet inget med säkerhet…, försökte Grålle att slingra sig undan med. Det är bara det att den taktiken vet vi ju inte går hem hos dessa bilar.

- Försök inget här… Säg vad det är, protesterade de alla i mun på varandra.

- Okey då, suckade Grålle. Jag tror de har funderat på att ha någon sorts utställning med både leksaksbilar och miniatyrbilar.

- Jaha, sa Todd, och vad kan det betyda för oss sådär mera bestämt? Vid denna kommentar nickade Bosse instämmande.

- Att denna resa inte är slutet för er, utan kan vara början på ett nytt kapitel, kanske… tyckte Grålle som inte gärna ville säga för mycket.

Grålle, den försiktiga lilla generalen, visste en hel del. Det är bara det att han inte ville tala om allt som han hade hört ifrån

Cecil och de andra. Men det fanns vissa roliga och knepiga inslag som han inte ville berätta för lådbilarna, inte än i alla fall. Bilarna fortsatte på sin resa och det var många som hade gått ut för att få se när de kom körande, för en del rörde det sig om gamla minnen, men det var inte bara äldre som stod där utefter vägen. Även barnfamiljer, tonåringar och hela skolklasser ville se på när kortegen kom körande. Kommunen har anordnat det så att bleckblåsare väntar ute på parkeringsplatsen till det Nya bilmuseet. När de ser Helga och Hugo komma, börjar de spela på en invigningslåt. Ute vid parkeringsplatsen har det kommit intresserade människor för att se på när bilarna kom glidande. Till alla dem som kommit har de på Nya museet gjort iordning kaféet. Vid det här tillfället har de fått tillstånd att servera hamburgare och korv med bröd förutom kaffe, saft och bullar, något som uppskattades av många. När bilkortegen närmade sig och bleckblåsarna började spela, ryckte en tjej i Rauds jacka. Hon måste bara få fråga… De som befann sig i närheten kunde höra hennes klara röst…

- När blir det lådbilsrally?

- Oh, det blir när vi ska öppna för säsongen om två månader, då startar vi med ett rally. Riktigt hur det ska se ut är inte riktigt klart än.

Med det nöjde sig tjejen och fortsatte att invänta kortegen. En reporter som stod bredvid, och som hade hört det hela nöjde sig inte med svaret.

- Är det något mer som ska hända när museet öppnar för säsongen?

- Tja, man kan inte veta så noga… försökte Raud med för att dra ut på det, han ville ju inte säga för mycket.

- Ja, men nått kan du väl säga… tyckte reportern samtidigt såg han att kortegen närmade sig.

- Det finns kaffe och bullar i museets nya kafé om du vill smaka på det… var det enda reportern fick veta innan Raud gick för att möta kortegen.

- Men...

Tyvärr, lyssnade inte Raud på det örat, utan han tittade ut mot vägen där bilarna sakta kom inglidande mot parkeringsplatsen till det Nya Bilmuseet. Under själva invigningen står bilarna kvar där innan de ska köras in i den stora hallen. Efter att museet invigts av chefen för Kultur och Fritid, börjar bleckblåsarna återigen att spela. Den här gången spelade de upp en nygjord marsch, under tiden som bilarna kördes in i museet. Nu börjar arbetet med att ställa upp bilarna för Benneth, Agneta och Cecil, men i vilken ordning? I väntan på att de ska bli överens om det, kan vi gå tillbaka några månader. Det har som sagt hänt en del, sen Båstad och Vilde kom till Grängesberg.

Speciellt Vilde har visst sina fingrar med i det spelet…

Kapitel 2

Vilde får lov att repa i Cecils lada

Dagen då Båstad och Vilde slog sig ner i Grängesberg, fick Vilde en möjlighet att komma med i en amatörteater. Vilde har nu sen några månader tillbaka blivit en nyckelfigur i den gruppen och han kände sig riktigt hemma där. Diskussionerna om vad revyn skulle handla om hade lett till att de bestämde sig för att det får bli om några av de gamla bilarna på museet. Vad de behövde mer än någonsin var ett ställe att repa på och det blev i Bergets Bilmuseum och till en början i Cecils lada. Att Direktören gett sin nådiga tillåtelse till att gruppen får repa i lokalerna, visste speciellt Agneta ingenting om. Vilde hade en liten diskussion med sin lärare om manuset till revyn, där några av museets bilar ska figurera…

- Nej, Vilde det kan vi **inte** göra... Kom det ganska så uttryckligt från läraren Larsson.

- Men om vi får vara i ladan för att repa…

- Hm, hur menar du nu? Kom det något ängsligt från Larsson. Han har redan förstått att denna Vilde är en riktig oroshärd för honom, en Emil fast i andra kläder.

- Jag har pratat med Cecil om det, han var eld och lågor för att vi är där, eftersom bilarna ingår i manuset.

- Men ni rör inte bilarna… Vilde, vad som än händer, ni rör dem **inte**.

- Men om vi behöver göra det för de olika scenerna då, där någon av dem ska ingå?

- Då återställer ni efter er… **begriper du det**, poängterade Larsson för Vilde.

- Visst, sa Vilde med en oskyldig min samtidigt som han korsade sina fingrar bakom ryggen.

Här kommer vi in på vilka som ska medverka i revyn, om man nu kan kalla det för revy vill säga… Vilde förde en diskussion med de andra medlemmarna i amatörteatern, Mandel, Ricky och Flingan. Mandel som egentligen heter Amanda är en tjej som Vilde tyckte mycket om och för honom var hon en riktig sötmandel. Att Ricky och Flingan hade något på gång kunde vem som helst se…

- Vilka av bilarna ska vi ha med…? undrade Flingan.

Hon har fått det namnet på grund av att hon vägde så lite, nästan som en flinga.

- Tja, vi kan väl ha med Madame Louise tycker ni inte det? Frågade Ricky.

- Sen då…? ville Mandel veta.

- Det har jag också tänkt på, vi kan ta med Madame Louise tillsammans med Orvar, läkarbilen, de hör ihop på något sätt. Sen tycker i alla fall jag att vi kan ha med, Vegas, den amerikanska taxin. I och med det blir den sista bilen i min mening självvald, Alfred. Vad säger ni om det? Undrade Vilde.

- Låter inte helt dumt… eller vad säger ni andra? Frågade Ricky och tittade på de andra.

❀ ❀ ❀ *13* ❀ ❀ ❀

- Men vem ska spela vem? Frågade Flingan.

- Det är just det, sa Vilde. Hur delar vi upp bilarna mellan oss, rättvist?

- Ska vi dra lott? Undrade Ricky.

- Det blir sällan rättvist… För min del känner jag för Madame, sa Mandel. Flingan tar du Vegas?

- Kan jag försöka med i alla fall, tyckte Flingan.

- Då blir det Orvar och Alfred kvar till oss killar. Tja, vem tar du Ricky…

- Ska Flingan vara Vegas så kör jag Alfred… De hör ju ihop på nått sätt…

- Okey, då blir det Orvar kvar till mig och det var honom jag ville ha, så nu är det löst. Bra! Då skickar jag ett mess till Larsson.

Under tiden som Vilde knackade in meddelandet på sin mobil kom Cecil in i ladan. Han gick fram till gruppen som står samlade vid en av de gamla bilarna, Madame Louise.

- Jaha, vad står på nu då? Frågade han lite hurtigt.

- Vi vill sätta upp en liten teater med fyra av bilarna från museet som inspiration. Kan vi få repa i ladan för att få en riktig bra feeling till bilarna? Frågade Vilde och lade sitt huvud en aning på sned för att få in en så bevekande blick som möjligt. Den där blicken som han visste att Cecil hade svårt att säga nej till.

⚜ ⚜ ⚜ *14* ⚜ ⚜ ⚜

När bilarna inne i ladan hörde det kunde inte Madame Louise låta bli att höja sin röst till Vegas.

- Kan du tänka dig det? Ingå i något sorts teater… sa hon lite spefullt till Vegas.

- Vadå?

- De tänker ha en teater, **här**… kom det spydigt från Madame Louise som inte alls ville bli någon teaterhoppa.

- Det var väl ändå replokal som det var frågan om, inflikade Orvar som tyckte att det hela lät spännande till skillnad från Madame Louise.

- Ja, ja, kanske det men ändå, protesterade Madame Louise som inte vill ge upp riktigt än i denna fråga.

- Så hemskt kan det väl ändå inte vara, tyckte Starwar.

- Men vi vet väl inte än på vilket sätt vi ska vara med i manuset. Vi kanske bara ska tillhöra rekvisitan, kom det tankfullt från Alfred som ändå ville framhålla en möjlighet som de andra kanske inte tänkt på.

- Visst, visst, men ändå…, det är Vilde som är en av dem som ska röra om i grytan. Jag misstänker att han har något annat i sina tankar för oss, kom det mörkt från den oroliga Madame Louise.

- Hur menar du nu? Frågade Vegas nyfiket till Madame Louise och det med en sådan glad ton att det retade upp henne.

- Det har viskats om bilar som kan tala under invigningen, sa hon mörkt och djupt.

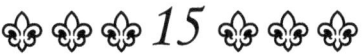 15

- Åhå, kommenterade Orvar, vad spännande det låter. Jag undrar vilka personligheter de tänker använda? sa han retsamt och blinkade till Vegas.

- Men om det ska vara till invigningen är det inte senaste laget…, poängterade Jenny som är en av de nya bilarna som kommit till bilmuseet.

- Håller med… sa både Starwar och Orvar samtidigt som de skrattade i mun på varandra så det ekade inne i ladan.

- Men till vad ska de ha revyn? Kom det fundersamt från Tekla, en annan Austin från 50-talet en liten ljusblå sådan.

- Kanske till öppningen av museet, men då får de rappa på ordentligt. Jag undrar bara hur Vilde och Larsson ska klara det... Blev den klara slutledningen från Alfred.

- HUMPH, med det ville Madame Louise lägga in om en protest till allt det som Alfreds lilla slutledning möjligtvis kunde betyda.

Som sagt det kan man undra, ska de dra jämt eller… Larsson har lite idéer men kommer det att räcka. Man började med att försöka med olika infallsvinklar för att se vilka roller som skulle passa till respektive bil. Allt eftersom tiden gick började Cecil att ha lite egna funderingar om det hela verkligen går att genomföra… han yttrade sina farhågor till Larsson.

- Ska de verkligen använda bilarna på en scen?

- Nja, finns det någon anledning till varför inte? Undrade Larsson.

 *16*

- Scenen lär bli lite begränsad om vi även ska fylla upp museet med folk... Sen måste väl ändå bilarna ha en viss rörelsefrihet, menar jag.

- Hmm... jag vet, vi kan använda såna där hoverboards. Sen skaffar vi dräkter så att man ser vilken bil de föreställer. Då behöver inte scenen bli så väldigt djup, menar jag, förtydligade Larsson.

- Det är en god idé, men tror du Vilde köper den? Kom det försiktigt från Cecil.

- Jag får väl vara bestämd och framhålla fördelarna ...

- Ganska mycket, om du vill ha min åsikt.

Efter det samtalet ringde Larsson upp Vilde och gjorde klart för honom att det bästa vore att använda hoverboards på scenen. För att få Vilde med på noterna framhöll han att det var redan klart med Cecil, de hade diskuterat det och var överens om att det skulle bli bäst. Här har Larsson verkligen försökt med att vara så bestämd och klar som möjligt, men han blev ändå orolig när Vilde tog det hela så bra...

- Okey, men innan vi får hoverboarden kan det bli lite stökigt...

- Vadå stökigt? Frågade Larsson med ett klappande hjärta, av oro över vad denna stjärna av stökighet kunde hitta på.

- Jo, när vi ställer upp bilarna för att vi ska få in en riktig scen känsla till de olika scenerna när vi repar, menar jag...

- Snälla Vilde, det här var en grej du frågade om förut och gör ni det så ska bilarna tillbaka till ursprungligt läge i så fall... **fullt ut.**

- Ja men...

- Inga men... ni gör **det**, säger jag, poängterade Larsson än en gång för Vilde.

- Kommer vi att få såna där hovercars då också till hoverboarden... Jag menar ifall vi skulle behöva dem för att få det att se mer verkligt ut... menar jag.

- Vi får se... Vilde, vi får se, sa Larsson en aning trött.

Vilde hade under sin resa från Östersund till Örnsköldsviks Airport redan fått bekanta sig med några av bilarna från bilmuseet. Bilarna Helga, Hugo, Adam och Berta för att inte tala om lådbilarna och Toby, hade han träffat och då fått följa. Av någon anledning så hade han förstått vad bilarna och Toby, långtradaren, diskuterat om. Det här kunde bli något som han nu kan ha användning av när det ska skrivas ett manus till revyn. Vilde har varit en flitig besökare i Cecils lada ända sedan Båstad och han slog sig ner i Grängesberg. Det här gjorde att han fått fler idéer som nu kunde användas till ett manus, när det nu skulle skrivas ett.

- Oj, oj, vad är det som denna hjärna av snurrighet kan ha hittat på och skriva om... Undrade en smått orolig men ändå förväntansfull Vegas. Att Vilde var en av dem som skulle hålla i pennan var något som flera av bilarna kände en viss nervositet för...

- Du har väl inget att frukta… fnyste Madame Louise.

- Har du det då…? replikerade Orvar lite oskyldigt.

- Vad menar du med det? Frågade Madame Louise och spände ögonen i Orvar.

- Nu bråkar vi inte om det… som vi inte vet något om, kära barn… kom det uttrillande från Alfreds läppar innan han hann tänka sig för.

- **Vad**, menar du med det? Morrade Madame Louise ilsket åt Alfred.

- Om jag känner Vilde rätt kommer denna lilla kontrovers med i hans revy om vi fortsätter, tror du inte det Madame Louise?

- Vi har väl rätt att få lufta våra lungor utan att tänka…

- Det är just det… intygade både Alfred, Vegas och Orvar.

Efter den kommentaren började de andra bilarna att fundera över vad som skulle hända framöver. De får lägga det åt sidan nu eftersom Larsson och Vilde har satt sig ner för att tillsammans med sina anteckningar få ihop ett manus till revyn. Bilarna i Cecils lada väntade med spänning på den dagen när de ska lämna ladan för att flytta in i det nya museet.

Kapitel 3

I den nya hallen händer saker och ting

Den stora hallen var uppsnyggad och förberedd för att ta emot bilarna när de kom. Några entusiaster har redan samlats ute vid Cecils lada för att hjälpa till. Den här dagen ska bilarna från Cecils lada köras ut till museet för att om två veckor följas av de andra från Folkets park. Entusiaster tillsammans med Cecil, Benneth, Leif, Raud och Agneta är de som kör in bilarna i den stora bilhallen och ställer upp dem. Det är bara det att när Agneta kommer ner tidigt en morgon några dagar därefter får hon en chock. Hon får se något som hon inte trodde skulle få uppleva...

- Vad i all världen är det här… utropar hon argt.

- Vad då? Undrar Cecil.

- Någon har flyttat på bilarna… Känner du till något om det här? Frågar hon och tittar anklagande på Cecil.

- Hm, ja, jo kanske... Mumlar Cecil med en nedslagen blick då han inte vågar möta Agnetas. Han försöker så gott han kan att slingra sig ur denna obekväma situation...

Vad är det som händer på museet om nätterna, om man får fråga? Det här skulle tyvärr inte bli den enda gången som Agneta skulle mötas av samma syn. Några dagar senare när Agneta går ner till museet på morgonen upptäcker hon åter igen…

- Nu har det hänt **igen**… gormar hon samtidigt som hon betonar på ordet, **igen**.

- Vadå? Vadå? Frågar Cecil samtidigt som han kommer springande från nya kontoret.

- Titta själv.

- Men… så här stod de inte igår kväll när jag gick vid 7-tiden, bedyrar Cecil.

- Neej, skulle inte tro det va…, kom det lite surt från Agneta som inte vaknat på sin bästa sida idag. Vem är det som ställer bilarna på det här sättet? För du vill väl inte mena att bilarna har rört på sig under natten, **ha**…

Den tonen som Agneta använde var full av all den irritation som hon kände inför dessa händelser. Vad är det här? Vem vågar bara göra så här? Frågorna kan tyckas vara berättigande eller hur?

- Ähhum, kom det besvärat från Cecil, jag tror jag vet vilka som gjort det.

- Ok, spott ut…

- I ett svagt ögonblick lovade jag Vilde, att de kunde repa här.

- **Repa??**

- Han är med i en nystartad amatörteaterförening som skolan ordnat med, börjar Cecil med att säga i en bevekande ton. Visserligen inte lika väl inövad som Vildes men, de behövde en lokal…

- Men för det behöver de väl inte flytta bilarna… kom det lite hårdare från Agneta.

❧ ❧ ❧ *21* ❧ ❧ ❧

- De ingår i rekvisitan...

- Vilken rekvisita??

- De gamla bilarna ingår i deras manus, i alla fall några av dem. Det är ett manus som Vilde och Larsson har satt ihop. Manuset kommer att handla om vad några av de gamla bilarna från museet tycker och tänker, kom det lite tystare från Cecil.

- Jaha, och därför så tillåter du det här utan att fråga mig. Dem flyttar inte en bil till och det ska **DU** göra klart för dem.

- Mja...

- Vad är det nu då?

- Jag lovade Vilde att de kunde få använda bilarna...

- **Stopp**, du behöver inte säga någe mer. **UUUUT**, skriker Agneta och pekar mot utgången. Hon orkar bara inte med herr Dahl nu på morgonen.

Efter Cecils avtåg kom Benneth insläntrande genom dörren, med kaffemuggen i den ena handen och en ostmacka i den andra, samtidigt som han konstaterade lite lojt...

- Jaha, de har varit här igen. Då är det väl bara att sätta igång då...

- Stopp, med vadå?

- Ställa tillbaka bilarna, förstås.

- Visste du om det här?

22

- Ja, gjorde inte du?
- **Nej!!!**
- Opps...

Så hur ska det nu bli när de andra bilarna kommer till museet. Kommer den här proceduren att fortsätta? Kan Cecil ha kommit på andra tankar nu när Agneta sent omsider fått reda på hur saken ligger till... När Cecil gick ut från museet och vandrade hemåt, funderade han skarpt på hur han skulle göra. Men som vanligt när det krävs en snabb lösning kom han inte på någonting. Så när han klev in genom sin egen dörr satte han sig tungt på en pinnstol vid köksbordet. Han vände sig till den enda som han visste kunde komma med snabba lösningar, sin fru...

- Varför inte ha en provisorisk scen? Undrade hon lite stilla. De där hover... någonting har kommit nu och de måste väl ha dem på sig när de ska repa eller hur?

- Jo, jag får föreslå Larsson det... Sen får de väl börja bygga upp en scen... Bra, älskling vad skulle jag göra utan dig?

- Svarar jag inte på... medgav hon lite skrattande.

⚜ ⚜ ⚜ *23* ⚜ ⚜ ⚜

Kapitel 4

Nya museet står beredd att ta emot...

Bilarna som nu har lämnat parkeringsplatsen och redan kört in i den nya hallen, i tur och ordning. De återsåg inte bara sina gamla vänner, utan får även bekanta sig med de "nya bilarna". Efter att de hade ställt upp sig började Adam lite försiktigt med att säga...

- Jaha, hej igen får man väl säga... kom det lite hurtigt och försynt från Adam.

- Det får man väl, men hur har ni haft det på er lilla tur? Undrade en nyfiken Starwar.

- Lite upp och ner, men vi fick vara med om en del intressanta saker eller hur Helga? Med den frågan vände sig Hugo mot sin vän för att få veta vad som flög i hennes tankar.

- Du skulle vilja veta det va... retades hon tillbaka.

- Vad är det nu som ni tänker hitta på... kom det syrligt från Berta. Ni har då varit outhärdliga sen rotundan... kan ni inte ge er nu.

- Jodå, vi kan det nog det men kan du? Frågade Helga som kände att Bertas syrlighet och agg var ganska tröttsamt, eftersom Berta egentligen inte alls var en sådan bil.

- Berta säg inte att du har tagit ut din frustration på de andra? Frågade en förvånad Madame Louise. För det här kunde hon bara inte tänka sig...

- Men… försökte Berta att försvara sig med.

Men nu hände något som ingen trodde skulle hända, Adam tog till orda för att be om ursäkt.

- Berta… min kamrat kan du förlåta mig? Jag ber dig tusen gånger om ursäkt för att jag på mitt dumma sätt försökt att få dig tillbaka. Det enda jag ville, det var att allt skulle bli som förut. Kan vi stryka ett sträck eller åtminstone ha en vapenvila… snälla Berta?

- Om du säger det så… och **menar** vad du säger så, kan det väl inte vara en omöjlighet…

När Berta sa det kom en enorm lättnad över henne, äntligen skulle hon få ta av sig den där tuffa och obekväma masken. Bilarna blev avbrutna av att det var några som klev in i museet på kvällskvisten…

- Jaha, hur ska vi ställa upp bilarna idag? Undrade Flingan.

- Vi får inte röra dem alls av Agneta, kom det mörkt från Vilde.

- Menar du att hon sagt nej… skrattade Ricky.

- Hm ja... Vi får repa men absolut inte flytta på bilarna, ”absolut inte under några som helst omständigheter”, sa Vilde samtidigt som han försökte att härma Agnetas arga och mycket bestämda och kontrollerande ton.

- Jaha, hur gör vi då? Kunde Mandel inte låta bli att fråga.

- Några förslag…? Efter att Vilde sagt det tittade han runt på den lilla skaran och tog sig en funderare.

- Har du skrivit ner den där melodislingan som vi ska öppna revyn med… undrade Mandel.

\- Jo, den har jag här…

\- Vi skulle kunna öva på den ikväll… Då behöver vi inte flytta på bilarna menar jag, tyckte Ricky.

De ställde upp sig och började med att lyssna på den inspelade sången av Vilde. Ricky som spelade upp musiken på sin synt, trampade nu takten inne i museet. Efter att de har lyssnat på musiken började de att öva in sången. Vilde som tidigare delat ut texten till var och en, stämde nu upp i en ton och de andra hängde på, till en början lite trevande …

Bilarna fick nu, för första gången, höra den inledande sången till revyn och Madame Louise kröp nästan ihop av en rysning, Något som Orvar inte kunde låta bli att kommentera…

\- Jaha, Madame Louise, visst är det en underbar musik… skrattade Orvar lite retsamt.

\- Man skulle behöva…

\- Högtalare, ja… den idén kanske inte skulle vara så dum, kunde Starwar inte låta bli att hänga på med.

\- Neej… det var inte det jag menade, utan… försökte hon att få de andra att förstå.

\- Det kan du väl aldrig mena… tyckte Vegas som hängde med i herrarnas små retsamheter.

\- Öronproppar… skriker Madame Louise rakt ut i sin frustration över att kompisarna inte förstod hennes agg mot denna, i alla fall för henne hemska musik.

Efter sången frågade Ricky hur de nu skulle fortsätta …

- Jag har funderat på det fram och tillbaka… sa Vilde.

- Vi har övat på det… snälla Vilde du tänker väl inte ändra på det nuu… tyckte Flingan.

- Jo, men det skulle bli roligt…

- Vadå? Frågade både Ricky och Mandel.

- När vi sjöng låten tyckte jag att bilarna reagerade rätt intressant och roligt… Vi kunde använda det, tycker ni inte det, undrade Vilde.

- Hur menar du nu? Frågade de som i en mun till Vilde.

- Vänta lite jag måste tänka… och skriva ner det. Någon som har papper och penna?

- Flingan, sa Ricky direkt vid frågan.

- Har du det? Undrade Vilde.

- De ligger i väskan… Flingan gick till sin väska och tog fram både papper och penna för att ge det till Vilde.

Vilde krafsade ner några stolpar på ett papper och med dessa till hjälp började de så att öva, till en början lite trevande. Men det blev bättre och bättre…

- Vad skönt att det där oljudet tystnade, puh. Mina känsliga musiknerver tål inte det här… Detta kom att bli den första repliken Mandel ska säga i rollen som Madame Louise.

Vilde å sin sida som spelar Orvar, åkte lite lojt fram och tillbaka på sin hoverboard. Han kollade var den så kallade musiknerven eventuellt kunde sitta någonstans…

- Var sitter den om man får fråga? sa han lite ironiskt till Mandel/Madame Louise.

- Var inte så näsvis grabben, fräste hon tillbaka.

- Jag näsvis, kommer inte på frågan, min kära Madame, fortsatte Vilde/Orvar och det i en så galant ton som han bara kunde uppbringa.

- Den här eländiga texten och musiken har de övat på i en sådär… hundrasjuttioelva gånger så jag är innerligt trött på den nu, poängterade Mandel/Madame Louise kraftigt.

- Jaså, så pass många… Är du säker på att du inte har missat någon? Framhöll Vilde/Orvar samtidigt som han fick lov till att ta betäckning bakom de andra bilarna.

- GRRR, om man kunde göra slarvsylta av vissa ändå hörde, man Mandel/Madame Louise säga, fast det gick inte så bra.

Det blev en paus och Vilde blev tvungen att erkänna…

- Längre än så har jag inte kommit… sa Vilde i normalt röstläge. Vi kan väl ta om det några gånger och fortsätta imorgon kväll igen.

- Okey, men få till något för Vegas och Alfred…

- Det ska bli mitt herrskap… Vilde bugade sig både djupt och teatraliskt, något som fick de andra att skratta gott.

Vilde och Larsson fortsatte att knåda sina hjärnor för att få ihop en revy som låg så nära respektive bil som möjligt. Bilarna har olika sätt att reagera på det som är i görningen, några är förväntansfulla, andra förfärade. Ja, det var väl mest Madame

⚜ ⚜ ⚜ *28* ⚜ ⚜ ⚜

Louise som stod för de upprörda känslorna. De andra bilarna som inte kommer med i själva revyn såg mera fram emot att få se vad Vilde och Larsson knådat ihop. Det hela såg i alla fall ut att kunna bli riktigt roligt...

De bilar som stått i Cecils lada har redan fått se smakprov på revyn när de har repeterat där. Det var inte alla bilar som hade sett hur repetitionerna gått, Helga, Hugo, Berta, Adam och Blåvinge hade inte det. Vad skulle de tänka om revyn?

Kapitel 5

Revyn spelas upp

Efter förmiddagens bravader med invigningen väntade bilarna på att revyn ska spelas upp på kvällen. De inblandades nervositet ökar och Larsson får fler betänkligheter på hur det hela ska sluta. Cecil å sin sida tänkte mer på hur skönt det ska bli när han kan få andas ut efter all den press som han fått genomgå. Det vill säga om han nu kan det förstås. Ända fram till idag så har det varit en aning knöligt mellan honom och Agneta. Det har inte varit så bra, eftersom de inte kunde komma överens om hur bilarna ska stå i den nya hallen. För nu när Blåvinge kommit in hade man tagit sig en funderare på om de inte skulle låta den bilen stå tillsammans med Adam. Men var ska Berta stå? Bredvid Blåvinge eller Starwar eller…

- Kan vi inte låta henne stå jämte Charleston? Kom det lite frågande från Benneth. Jag menar de har stått i samma stall… förlåt garage… ändrade han det till när han fick ett antal skarpa blickar från Cecil.

- Skulle vara en lösning… kom det lite trött ifrån Agneta.

- Varför ska vi ändra på det? Adam och Berta, punkt. Det tycker i alla fall jag… kom det bestämt ifrån Cecil.

- Var ska vi ställa Blåvinge då? Frågade både Agneta och Benneth.

- Kan vi inte ställa bilarna som i en triangel… kom det lite försiktigt från Cecil. Adam i ett hörn där Blåvinge och Berta står på snedden från Adam eller hur ska jag säga…

- Nej, jag vet Adam och Blåvinge står på sned mot varandra mittemot ställer vi upp Berta… Då blir de en grupp där vi kan fylla upp med Charleston, Grålle och Starwar vad säger ni om det… föreslog Agneta.

- Vi kan försöka med att ställa upp bilarna så får vi väl se om det går… tyckte Benneth lite försiktigt.

- Hm ja, det kan vi göra…

Mer blev inte sagt om detta dilemma, men det fanns andra problem som behövde lösas inför revyn. De placerade ut bänkarna framför scenen och de försökte ställa bilarna så mycket som möjligt utefter väggarna, det blev trångt men det kunde rättas till senare. Det man räknade med var väl att ett trettiotal personer kunde dyka upp, fler fick nog inte plats i själva bilhallen. Ett tiotal kunde stå utmed räcket på balkongen, där i från kunde man se hela scenen. Kom det fler fick de väl spela flera gånger… det vore väl å andra sidan bra för ungdomarnas del. Övning ger färdighet säger de… Bilarna som flyttades runt hade nog ett och annat att säga om den saken… Madame Louise intog en tjurig inställning medan Orvar såg med glädje framemot vad som kunde komma fram i revyn. Något som retade Madame Louise i ännu högre grad eftersom även Vegas stödde Orvar i den åsikten. Den gode Alfred höll sig på ett diplomatiskt avstånd utanför den eldhärden något som roade de andra bilarna. Det

var nog ändå så att de flesta bilarna såg det hela som ett trevligt avbrott i den vanliga trallen.

- Helga, visst ska det bli spännande? Frågade Hugo.

- Jo, bara inte Madame Louise flyger i luften hon ser nästan så ut...

- Sprickfärdig... håller med, tyckte den lilla bilen Tekla, eller vad säger du Charleston?

- Det ser nästan så ut... Men jag förstår inte vad hon ska vara rädd för? Jag menar det är ju inte hon som står där uppe på scen...

- Du tror inte att hon är mer orolig för vad Vilde har hittat på? Kom det försiktigt från Berta.

- Kan tänkas men han satte inte ihop revyn ensam... Larsson var väl med också? Inflikade Adam.

- Jo men hur mycket tror du han har haft tillfälle till att påverka? Skrattade Starwar.

Flera av bilarna kunde inte låta bli att dra på grillen och de väntade med en glad förväntan på att få se vad revyn ska presentera. Tiden är nu snart inne för att revyn ska spelas upp... Framemot eftermiddagen kom de som ska agera på scen för att göra sig iordning, Larsson gav gänget några peppande ord inför deras första revy. Publiken har redan börjat att sätta sig ner på de utplacerade bänkarna. Ridån gick upp och läraren Larsson gick ut på scenen för att hälsa publiken välkommen och för att presenterade de som ska spela de fyra bilarna i tur och ordning, först ut på scenen...

- Här kommer medskribenten till denna revy, Vilde som spelar Orvar. Sen kommer hans kära Madame Louise som spelas av Mandel, förlåt Amanda. Efter henne har vi, Ricky som spelar Alfred, sist men inte minst som man säger har vi Flingan som spelar Vegas. Så nu lämnar jag över ordet till dem och spelet kan börja.

När Larsson har lämnat scenen och de fyra aktörerna har ställt upp sig på scenen och ljudet från bandspelaren påbörjats. När musiken startade började gänget sjunga på texten som Vilde skrivit och Ricky satt musiken till.

Hjulen rullar och motorn den är på, tanken den har vi fyllt.
Hjulen rullar och motorn den är på, tanken den har vi fyllt.
Så slå er ner
Och spänn fast för
Hjulen rullar och motorn den är på, tanken den har vi fyllt.
Hjulen rullar och motorn den är på, tanken den har vi fyllt.
Så håll i hatten
Och häng med för
Hjulen rullar och motorn den är på, tanken den har vi fyllt.
Hjulen rullar och motorn den är på, tanken den har vi fyllt.
Nu kör vi

⚜ ⚜ ⚜ *33* ⚜ ⚜ ⚜

Efter sången körde de alla ut från scenen. I kulisserna vände de två bilarna Madame Louise och Orvar för att komma in på scenen och nu kunde själva revyn ta sin början.

- Vad **skönt** att det där hemska oljudet tystnade, puh. Mina känsliga musiknerver tål verkligen inte det här... Det här var den första repliken som Mandel sa för Madame Louise. Mandel försökte verkligen poängtera hur hemskt Madame tyckte att den var för Vilde som spelade Orvar.

Orvar körde fram och tillbaka på scenen för att om möjligt hitta den där nerven som Madame Louise påstod att hon hade. Att hon överhuvudtaget skulle ha någon sådan nerv av det slaget hade Orvar ganska svårt att förstå...

- Var sitter den om man får fråga? Sa han lite syrligt till Madame samtidigt som han gjorde allt vad han kunde för att återspegla ett överdrivet letade efter var dessa nerver eventuellt kunde sitta.

- Var inte så näsvis grabben, fräste hon tillbaka.

- Skulle jag vara näsvis... Det kan väl aldrig komma på frågan, min kära Madame. Replikerade Orvar och det i en den allra mjukaste och galantaste ton som bara Vilde kunde åstadkomma. Samtidigt som han försökte härma Madame på ett överdrivet och högtravande sätt.

Det var flera i publiken som inte kunde låta bli att dra på smilbandet vid Vildes lilla uppvisning. Något som fick Mandel att lägga på några kol när hon fortsatte...

-   **Den** här eländiga texten har de hållit på att öva i en si sådär **hundrasjuttioelva** gånger, **minst**, så jag är innerligt trött på den. Att stampa med en hoverboard är inte lätt men Mandel lyckades…

-   Jaså, jaha, blev det så pass många… kom det lite försiktigare från Orvar. Är du verkligen säker på att du inte har missat någon? Efter det skyndade sig Orvar att retirera ut till kulissen.

-   GRRR… om man kunde göra slarvsylta av vissa ändå…

Bilarna som bara fick se på när Vilde och Mandel spelade upp sina repliker hade ett och annat att säga om deras insatser. Madame Louise som stod bakom publiken intog det hela med en mörk blick. Orvar som stod bredvid henne kunde inte låta bli att retas med henne.

-   Visst är det roligt, Madame Louise, att få se sig själv på detta vis…

-   Humph, kom det mörkt brummande från Madame Louise.

Om bara den där Vilde visste hur rätt han hade om Madame Louises tankar… Det man får hoppas är att de andra bilarna inte är medvetna om det eller kanske de är det ändå. Under tiden som Madame Louise funderade på vilket dräpande svar hon ska ge Orvar, intar Mandel och Flingan återigen scenen…

-   Karlar att de bara orkar… muttrade Madame, här har Mandel fått som sin uppgift att spela upp en attityd där hon börjat tröttna på Orvars dryga stil.

-   Men ibland så är de bra att ha… kunde Vegas, som spelas av Flingan, inte låta bli att poängtera för henne.

 35

- När då om man får fråga? Kom det rappt från Madame.

- Tjaa, emellanåt…

- Humph, men dess emellan… Väste Madame.

Denna syrligheten avbröts när en ny bil rullade in på scenen…

- Är det något som jag kan hjälpa damerna med? Undrade Alfred när han kom in lite försynt på scenen.

- Neej… sa de båda tjejerna eftertryckligt till honom.

- Oj då, det var synd… att jag inte kunde bistå damerna.

Under tiden som det argumenterades ganska så friskt där framme på scenen kunde bilen Alfred inte låta bli att kommentera…

- Varför måste de dra in mig… Vad har jag gjort?

- Det är nog bara för min skull… försökte Vegas trösta sin vapendragare med.

Ut på scenen kommer nu Orvar insmygande fram till sina medspelare, samtidigt så säger han…

- Vem var det som sa någonting? Jag tyckte att det skallrade i vissa bilar…

- Hjälp… Vad du skräms… suckade Madame Louise. Hon fortsatte lite tyst för sig själv. Inte den där igen och inte nu…

- Vad sa du? Inget mummel i skägget nu min kära Madame… försökte Orvar att påtala lite fint.

- Äh hum…, hostade Alfred lite varnande åt Orvar.

- Orvar, vad är det du kan ha på hjärtat? Frågade Madame Louise mycket trött.

 *36*

- Jag fick höra talas om en grej, men jag vet inte om jag ska säga det… Här drog Orvar verkligen ut på det hela.

Kan det vara av någon anledning månntro?

- Varför skulle du inte kunna det? Undrade Vegas finurligt.

- Snälla Vegas, du vet att Orvar kan vara så dryg… Kan vi inte få slippa, försökte Madame Louise förklara för Alfred och Vegas.

- Dryg? Sa de båda i mun på varandra.

- Men om vi andra vill veta vad det är som Orvar har på sitt hjärta? Protesterade Vegas.

Här protesterade bilen Madame Louise en aning, men bara en aning… Innerst inne så tyckte hon faktiskt att Orvar är en aning DRYG, ibland. Nu spetsade hon sina öron ännu mer när Vilde som spelade Orvar skulle till att säga någonting…

- Det var bara en liten rolig grej som jag hörde… ingenting märkvärdigt, men ändå lite roligt…

- Jamen, kom igen nu då och få det överstökat… uppmanade Madame Louise.

- Ni vet, han som serverar hamburgare på caféet… började han. Vår gode Peter ni vet…

- Aha, vad är det nu som han har gjort? Frågade Alfred.

- Det var en tjej som stod bredvid mig vid invigningen, hon hade köpt en burgare… En riktigt Saltpetersburg… längre hann Orvar inte.

- Saltpetersburg, du menar väl Sankt Petersburg, protesterade Madame Louise förtrytsamt.

- Madame..., sa Alfred med sin lenaste röst för att få hennes uppmärksamhet. Jag tror inte det är **staden** Orvar hänsyftar på utan hamburgaren.

- Jaha, sa Vegas samtidigt som hon skrattade till. Vår gode Peter har saltat på lite för mycket. En Salt Petersburg, tack.

- Åhå, jaha, det var ju **lite** roligt förstås. Men kunde du inte bara ha sagt det då? Kom det irriterat från Madame Louise.

- Det gjorde jag ju, protesterade Orvar, fast det kanske inte blev direkt precis... Men ni har väl en hjärna...

Bilarna ja... Några i alla fall drog så mycket de kunde på sina grillar i takt med publiken. Förutom Madame Louise då...

- Drygt... pustade Madame Louise fram i kort ton.

- Tycker du det... undrade Alfred förvånat.

- Jaa tänk för att jag gör det... sa Madamen snäsigt till Alfred.

- Jaha, vad ska vi göra åt det då? Fortsatte Alfred.

- Jag kan vara tyst som en liten mus om du vill det alltså... försökte Orvar att stryka på med.

- Du tyst... Jag skulle vilja se det... skrattade Vegas och tittade menande på Madame Louise.

- Nej, nu får det vara nog. Jag går i strejk... slog Madame Louise fast.

 *38* ⚜ ⚜ ⚜

- Strejk? Det kan du väl inte mena, kom det något skeptiskt ifrån Orvar. Motorstopp möjligtvis men inte strejk...

- Undrar vad det är som är den springande punkten i detta... filosoferade Alfred.

- Eller knuten... fyllde Vegas i.

- Vi kanske ska smörja upp henne lite grann... viskade Orvar till Vegas.

- Vågar vi verkligen göra det, nu? Viskade hon tillbaka.

- Kanske inte... höll han med henne om efter lite eftertanke.

- Den som viskar han ljuger... sa Madame Louise högt.

- Men du har ju gått i strejk så du kan väl inte lägga dig i vår lilla konferens... påpekade Orvar.

- Det kan jag väl visst..., sa Madame Louise en aning förtrytsamt innan hon avbröts av Alfred.

- Vi får nog lov till att skaffa en medlare... fortsatte han.

- Okey, du är vald eller vad säger du Vegas? Frågade Orvar.

- Håller med... Men måste inte Madame godkänna medlaren? Undrande Vegas.

- Godkänner, kom det kort från Madame Louise som kände att nu har det hela kanske ändå gott lite väl långt.

- Så bra... Okey, Alfred sätt igång och medla..., kom det hurtigt från Orvar.

Nu blir det en längre paus där publiken och aktörerna får en välbehövlig vila och tid för ett besök i det nya fiket. Efter pausen samlades revymakarna åter på scenen igen...

 *39*

- Då så kära Madame Louise, började Alfred högtidligt. Då vill jag veta var knuten eller den springande punkten till strejken sitter?

- Äh, vilken knut?

- Varför gick du i strejk? Förtydligade Orvar.

- Strejk och strejk, men det har bara blivit för mycket av Orvar och Vegas…

- Jaha… här kliade Alfred sina geniknölar för att hitta någon ingång.

- Men det förstår du väl…

- Nej, det gör jag inte är jag rädd för kära, Madame Louise… fortsatte Alfred.

- **Inte**… Orvar och Vegas gör mig galen med sina dryga, men ibland roliga kommentarer…, fortsatte Madame Louise.

- Så…, kom det undrande ifrån Alfred.

- Jag orkar inte med deras kakafoni, raljerade Madame Louise en aning desperat.

- Vad ska vi göra åt det då? Undrade Alfred med ett litet leende åt den komiskt spelade desperation som Madame Louise lyckades få fram.

- Sätt munlås på dem… eller nej kanske inte, men varför bara gå på mig? Frågade Madame Louise.

Här kom de bägge oroshärdarna åter in på scenen…

- Förstår du inte det? Började Vegas.

40

\- Du är ju så otroligt bra… man kan bara inte låta bli, du är så… Otroligt, hm, tacksam…, försökte Orvar att lite försiktigt förklara det hela med.

\- Jaha, så därför måste ni vara dryga, konstaterade Madame Louise.

\- Nja, kanske inte… medgav Orvar för att mildra det hela.

Här tog Alfred de båda oroshärdarna, Vegas och Orvar lite åt sidan…

\- Vill du mena att vi ska sluta helt nu? Undrade Orvar till Alfred.

\- Kan du klara av det? Frågade Alfred.

\- Det tror inte jag, sa Vegas tvärsäkert.

\- Inte jag heller om jag ska vara ärlig. Madame är så tacksam att småretas lite med, att det bara går av sig självt, försökte Orvar att förklara.

\- Jag har förstått det men…, Kan ni inte stryka henne lite medhårs under en tid i alla fall? Jag menar, ni kan försöka att inte göra som ni brukar.

Det var det enda förslaget som Alfred kunde komma fram till som åtminstone under en tid kunde lätta på problemet.

\- Tja, det kan vi väl försöka med men det blir svårt… sa både Vegas och Orvar.

\- Okey, jag meddelar Damen. Alfred åkte iväg för att berätta för Madame Louise vad de kommit fram till.

Innan Alfred hann framföra det, var det något som Madame Louise ville säga…

 *41*

- Alfred, det är möjligt att jag tog i lite för mycket...

- Säger du det?

- Nja, nej men... Du måste förstå att de är ett par riktiga drygnissar de där två...

- Mycket möjligt... De har inte lovat att sluta helt men de ska försöka med en paus... Kan det vara nått?

- Paus, sa du paus, de där två... Det skulle jag vilja se i och för sig. Men jag tror då rakt inte på det...

- Hm, inte jag heller... Men vi kanske ska låta de två i alla fall få försöka...

- Försöka... De ska försöka... Okey, jag ska **försöka** att inte ge dem någon anledning till att fortsätta...

- Oj, Oj, Oj, hur ska det här gå, muttrade Alfred för sig själv.

- Åhoj, ropade Orvar när han rullade in på scenen.

- Jaha, vad är det för ankare nu som du tänker lägga ut? Eller vilket rep är det som du tänker dra i? Ville Madame Louise veta.

- Vadå för rep? Frågade Orvar lite försiktigt.

- Madame undrar bara om du har tänkt ut nått drygt, sa Vegas samtidigt som hon rullade fram på scenen.

- Vad skulle jag ha tänkt ut... Vi har ju enats om en paus var det inte så, undrade Orvar med en allvarlig min. Om inte, sa han och lyste upp, Madame och Alfred tänkt ut nått annat.

- Vad skulle vi ha tänkt ut? Frågade Madame Louise riktigt lent till Vegas och Orvar.

⚜ ⚜ ⚜ *42* ⚜ ⚜ ⚜

- Är strejken avblåst då? Undrade Orvar lite försiktigt.

- Den har lagt sig i stiltje… För tillfället…, sa Madamen Louise eftertryckligt innan hon rullade bakåt på scenen.

Oj då. Där punkterade Madame Louise den eventuella stiltjen som kunde vara på inblåsning…

- Oj, oj, kan ni inte försöka hålla sams, försökte Alfred lite desperat att vädja till de två.

- Nja, måste vi det? Frågade Orvar.

- Det skulle underlätta, vidhöll Alfred. Nu rullade Madame fram till dem.

- Men… hur ska det då gå till? Jag menar Orvar och Vegas är ju som de är, vi kan väl ändå inte sätta lock på dem? Konstaterade hon.

- Vem har sagt något om lock? Småskrattade Vegas för det var inte tänkbart i hennes sinne.

- Inte där… i alla fall, skrattade Orvar. Förresten hur ska det gå med Madame Louise om vi inte ger henne vår dagliga dos av tokigheter…

- Måste ni det… alltid komma med tokigheter… undrade Madame Louise.

- Neej, men hur ska vi kunna låta bli när du är så tacksam… ville Orvar och Vegas, veta.

I och med det ställde de upp sig på en rad och den började med Orvar. Så när Orvar sagt sitt så puttade Madame Louise iväg honom.

- Den som gräver…, när Orvar puttades iväg slutade det hela med buller och brak.

Nu blev det dags för nästa bil, Madame Louise, att puttas iväg av Vegas.

- En grop åt andra…, även Madame Louise slutade sin resa med buller och brak.

- Faller ofta själv…, sa Vegas innan hon blev iväg puttad av Alfred. Även Vegas fick avsluta sin resa med buller och brak.

Alfred som stod sist i kön och inte blev iväg puttad av någon avslutade det hela med att säga...

- Där i…, med det bugade han sig för publiken innan han stolt åkte ut från scenen.

När ridån fallit igen samlades gruppen återigen på scenen för att tacka publiken och ta emot deras applåder.

Från plattan kunde man höra bilen Madame Louise frustande protestera…

- Var det här allt?

- Räcker inte det? Frågade Orvar lite oskyldigt. Vill du att vi ska försöka övertyga dem om att skriva en till revy? Med dig som huvudfigur, det måste du väl ändå förstå…

- Neej, det måste jag inte… protesterade Madame Louise. Kunde hon skulle hon säkert vänt ryggen mot Orvar, men det var ju det som hon inte kunde.

 *44*

När publiken började röra på sig kunde man höra en liten kille fråga i caféet...

- En Salt Petersburg, tack.

- Haha, tyvärr grabben så saluför vi ingen Salt Petersburg men kan det gå lika bra med en vanlig ostburgare? Frågade Benneth med ett stort leende på läpparna.

- Hm, jo men med massor av ketchup på...

- Som min lille herre behagar...

En bil som hörde det hela var Adam som mot sin vilja ändå drog på smilbandet, förlåt grillen...

- Vad var det som är roligt, Adam? undrade Berta.

- Salt Petersburg... sa han lite dunkelt.

- Ha, ha, ha, både Hugo och Blåvinge skrattade ikapp och Helga såg sig också tvungen till att instämma i skrattet.

- Hm, var det enda Berta kunde komma på.

- Månntro om vi får se denna revy fler gånger? Blev Helgas kommentar.

- Tror du Madame Louise går med på det? Skrattade Hugo.

- De gör nog som de vill i den frågan... konstaterade både Adam och Blåvinge i mun på varandra.

- Detta var något nytt... Ni kan ju vara överens, det kunde man väl aldrig tro... pikade Berta sina två riddare med. Hade Berta haft några händer att slå ihop hade hon säkerligen gjort det i ren förvåning.

 *45* ⚜ ⚜ ⚜

När Agneta skulle till att stänga museet inför natten kände hon en hand som lägger sig på hennes axel...

- Vad i all världen vill du? Skrek hon till.

- Undrar bara om jag kan få gömma mig därinne från Larsson och cykelgänget. Snälla, jag kan gå vakt, bad Kalle.

- Varför? Undrade Agneta nyfiket.

- Det är lite svårt att förklara... Har alldeles nyss krockat med en i revygänget efter att ha kollat i en påse, det var kokain i den så nu vill jag inte tillbaka till Larsson... Snälla.

- Hm, okey då för ikväll. Jag hör med de andra imorgon hur det ska bli i fortsättningen. God natt.

Kapitel 6

Detta händer på söndagens morgon

Alla som hade något med revyn att göra stannade uppe ovanligt länge den kvällen. De var för uppspelta då det gått så bra på deras första revy. Larsson kunde inte släppa tanken på revyn då han hade fått en idé… Han slår en signal till Cecil tidigt följande morgon.

- Larsson, vad vill du så här tidigt en söndagsmorgon efter allt ståhej? Undrade Cecil.

- Nja, jag bara undrar om vi kan sätta upp ännu en revy på museet… kom det lite försiktigt från Larsson.

- Det får vi diskutera med Agneta om på måndag inte NU, då bryter det hm loss.

- Aj då, är det så illa…

- Vi ska nog ligga lite lågt ett tag… för fridens skull.

- Men det gick ju så bra igår över förväntan, faktiskt. Vilde höll sig i schack, för ovanlighetens skull faktiskt…

- Är du så säker på det? Vem fick den lilla grabben att fråga efter en Salt Petersburg?

- Du tror inte att det var på grabbens egen ingivelse?

- Det kan man aldrig så noga veta. På din fråga får du som sagt komma ner till museet så att vi alla får prata igenom det.

Efter att ha avlämnat den lilla knallen till Larsson så lägger Cecil på luren samtidigt som han suckade tungt. Cecils fru frågade lite stillsamt...

- Vem var det?

- Larsson.

- Varför suckade du?

- Jag trodde att när de har spelat klart revyn så skulle mina problem vara ur världen vad det gäller den. Men, ack vad jag bedrog mig...

- Varför är de inte det då?

- Larsson vill sätta upp en till och...

- Och... vadå?

- Agneta... Här gjorde Cecil en tvär omvändning på sin ena klack och vände ryggen till sin fru. Efter det så gick han emot köket för att sätta på kaffe, starkt kaffe.

När morgonbestyren var över både här och där tog revygänget chansen att samlas ute hos Vilde och Båstad. Båstad som kommit hem sent från jobbet var trött, han låg och sov på övervåningen när revygänget kom instormande...

- Sch... Ni får vara lite tystare... Farsan sover däruppe.

- AJ, aj, Vilde, men är det inte bäst att vara ute vid Cecils lada då? Undrade Ricky.

- Nja, står inte på så god fot hos Cecil... Just nu.

- Vilde, vad har du gjort nu då? Frågade Flingan samtidigt som hon log.

- Jag vet inte… men det ordnar sig. Var är Mandel?

- Här.

- Men… Vad är det som hänt? När Vilde fick se Mandel komma haltande kunde han inte hålla ner tonläget, utan drog upp volymknappen ordentligt.

- Jag sneddade över parkeringen för att sätta mig i Larssons bil, då körde en dåre på mig med sin hoverboard.

- Vem då? Frågade Ricky.

- Tyvärr, jag vet inte vad människan heter…

- Har du polisanmält det?

- Nej… Ricky, det är det som är det tokiga, Larsson ville inte det…? Konstigt! Tycker jag…

När Båstad hörde Vildes höga ton vaknade han och kom ner en aning morgontrött…

- Va e re om?

- Gå och lägg dig farsan, det här klarar vi.

- Sätt på kaffet, grabben. Ska bara vaska till mig lite så ses vi sen…

- Jaha, vad gör vi nu? Frågade Ricky.

- Sätter på kaffet, så klart. Kom det både snabbt och rappt från Flingan.

- Smörgåsar eller bullar? Undrade Vilde lite spakt då han inte visste riktigt vad han skulle göra.

 *49*

- Har inte ätit någon frukost så en macka skulle sitta fint, tyckte Ricky.

- Måste banta... började Flingan med att säga.

- Banta... DU, ALDRIG på tiiin, tjejen. Det du behöver är en rejäl MACKA.

- Kanske en liten då, men inget smör...

Båstad som kom nerför trapporna hörde hur snacket gick...

- Flingan... om du ska orka med dagen måste du äta, men du kan välja vad det är som ska komma nertrillandes genom strupen. Vi har en bra grej här... Det är inget gluten i den men nötter och dadlar som du står dig länge på. Lägger vi sen till ett salladsblad, skivade tomater och en rökt kalkonskiva så blir det en god liten måltid. Kan det vara något för den lilla damen...

- Det kan det nog... log Flingan som kände hur det började kurra i den tomma magen.

För som sagt därhemma hos Flingan hade hennes morsa just nu på morgonen påbörjat en ny bantningsdiet. En diet som hon mer eller mindre tvingade Flingan att börja med också. Ricky som anade varför Flingan bantade sa helt frankt till alla...

- Har morsan påbörjat en ny bantningsdiet igen?

- Jo...

- Jaha, för två veckor sen var det något annat... Det går i intervaller det där, förklarade han för Båstad.

- Men Flingan behöver väl inte...?

- Jo…, svarade både Mandel och Ricky samtidigt som de nickade eftertryckligt.

- Viktväktarna har bra recept som man står sig bra på… Titta på mig jag har gått ner flera kilon sen vi flyttade hit, eller hur Vilde?

- Japp, det har du, intygade Vilde.

- Du då? Undrade Mandel.

- Nja, även om vi äter samma sak hemma så lägger jag till sånt som inte Båstad bör stoppa i sig för mycket av, så… Men jag rör på mig mer så det jämnar ut sig. Hur känner du dig efter smällen med hoverboarden?

- Mörbultad, minst sagt.

- Du tror inte att du behöver uppsöka en doktor som får titta på dig och dokumentera olyckan. Jag menar det kan vara bra för framtiden, ifall det blir några komplikationer, sa Båstad lite försiktigt till Mandel.

- Tror du…? sa hon samtidigt som hennes ögon tittade stort på Båstad. Att Vildes far skulle ta någon notis om henne hade hon aldrig trott. Hon var inte direkt van vid att någon annan förälder i hennes familjs bekantskapskrets gjorde det… Förutom de gånger de kunde tjäna på det förstås.

- Vi kör i väg så fort du är klar, ska bara ringa en signal först.

När både signalen och måltiden var avklarade körde Båstad iväg till Falun med Mandel. Vilde som inte ville lämna Mandel hängde också med. Flingan och Ricky tog kontakt med en polisman

som de kände i byn för att rådfråga honom, om det var någon idé att polisanmäla händelsen.

Polisen kontaktas...

Vid det Nya Bergets Bilmuseum stod Benneth och funderade vid parkeringen, innan han till slut knappade in några siffror på sin mobil...

- Polisen... sa en mörk röst från mobilen.

- Hej! Jo, det har hänt en olycka ute på parkeringsplatsen vid Nya Bergets Bilmuseum..., sen visste Benneth inte riktigt hur han skulle fortsätta.

- Jaha... Vad är det som hänt? Några skadade? Bilolycka... kvaddade...

- Nja, inte riktigt... eller jag vet inte. Det är blod ute på parkeringen som inte fanns där igår. Det ser ut som om någon har bromsat in hårt, men jag vet inte... Det är i alla fall inte någon som ligger här i alla fall, suckade Benneth.

- Okey... Då är det väl ingen brådska då...?

- Det beror på vädret... Vad jag vet ska det regna lite längre fram på dan. Vi kan lägga på en presenning i och för sig, men vore det inte bättre att någon kom hit för att se på platsen? Kunde Benneth inte låta bli att framhålla för polismannen.

- Jo... Jag får väl åka och titta då, om en kvart... sa polisen Berg lite förargat.

- Okey.

Under tiden som Benneth väntade dök Cecil upp som en gubbe ur det blå...

- Jaha Benneth, vad hade du tänkt göra idag? Kom det lite frågande från Cecil...

- Väntar på Berg...

- Varför då?

- Det har hänt något ute på parkeringsplatsen... sa Benneth lite mörkt.

- D... längre än så kom inte Cecil då Larsson dök upp på scenen.

- Vad gör Larsson här? Frågade Benneth lite irriterat.

- Vi väntar på Agneta...

- Nehej, det kan ni absolut inte göra, sa Benneth tvärsäkert.

- Larsson ringde du inte till Agneta? Frågade Cecil.

- Njaa, jo... sa Larsson och började att skruva på sig, jag menar äsch ingenting.

- Jaha där har vi Berg... kom med här så får du se.

Benneth tog med sig Berg ut på parkeringsplatsen. På olycksplatsen hade Benneth lagt en stor presenning, precis som han sagt att han skulle göra i väntan på Berg. När de hade gått kunde Larsson inte låta bli att fråga Cecil...

- Vad gör Berg här?

- Det vet jag inte så där exakt..., svävade Cecil ut med och det gjorde han ju inte heller, visste exakt alltså. ... Om vi återgår till det vi diskuterade i telefon så kan jag fortfarande inte ta något beslut utan Agneta. Så det här var bra onödigt, nu åker i alla fall jag hem igen om det nu inte var något annat...

 53

- Njae, jo, Kalle, min systerson glömde något här ute igår kväll på parkeringen är jag rädd, kom det lite svagare från Larsson.

- Då får det ligga kvar där ute tills Berg är klar, punkt, kom det kort från Cecil som nu hade börjat bli något irriterad på Larssons osäkra sätt. Det här var väldigt olikt den annars så självsäkra Larsson, vad det nu kunde bero på. Cecil undrade lite för sig själv om det var något skumt i systersonen Kalle. Det kunde i så fall vara något att ge Berg en liten hint om...

Hint och hint, det är inte alls så säkert att det behövs efter poliserna genomsökning av parkeringsplatsen, vad vet man? Polisman Berg och hans kollega letade igenom hela parkeringsplatsen mycket noga. Det blev inte bara den del som låg under presenningen. Har Berg kanske redan nu fått några aningar det nästan verkade så... Benneth var tvungen att fråga...

- Letar ni efter något speciellt?

- Det kan man väl säga..., kom det lite försiktigt från den garvade Berg.

- Är det något som jag kan hjälpa till med? Kom det ännu försiktigare från Benneth som vid det här laget haft ett litet mobilsamtal med Vilde.

- Vi har fått ett litet problem...

- Vadå för problem?

- Narkotika...

- Jaha och...

- Larssons släkting till slyngel… har visst en hel del med det att göra. Det är bara det att vi inte vet på vilket sätt, i en mer exakt form. Mer än så kan jag tyvärr inte säga…

Samtidigt som Berg sa det började han att söka igenom den gröna lilla dungen som gränsade till parkeringen. Han fick se något som gjorde att han vinkade åt sin medarbetare. När den tillkallade polisen kom fram tog Berg upp en plastpåse, sen gick de ut på parkeringsplatsen. Berg rev sönder en påse som legat inne i plastpåsen. När han stoppade ner sitt tjocka finger fick han upp något vitt. Han smakade på det och grimaserade…

- Vetemjöl…

- Är du säker?

- Smaka själv…

- Varför i all världen kastar man i väg vetemjöl?

- Vet inte. Kan det finnas något annat i påsen?

- Vi får väl röntga den och se efter…

- Kan man inte bara hälla ut…

- Visst, visst, och få vetemjöl i hela trynet. Nehej du, tack.

- Ha, ha… Kanske inte, konstaterade den unge mannen efter en blick på Berg. Men tanken roade honom verkligen.

- Humph…

Både Berg och hans kollega tog med sig påsen för att undersöka saken närmare på polisstation tillsammans med det andra som de har kunnat utröna från platsen. Nu var det inte bara den

unge polismannen som roade sig vid tanken på vetemjöl över hela Bergs tryne. Det gjorde även flera av bilarna inne i museets hall. De har redan samlat sig för sin egna lilla konferens bilarna emellan…

- Tänk om de bara visste det vi vet… suckade Jenny.

- Jaha, och vad så där närmare bestämt vet du? Ville Grålle veta.

- Fattar ni trögt eller…

- Och vad är det som vi ska fatta då? Kom den oundvikliga frågan från Blåvinge.

- Fast det är klart, hade det varit ett annat innehåll istället så…

- Jaha och det tror du inte att de, vilka de nu är, förväntade sig? Snörpte Madame Louise.

- Men vad är det som kan finnas mer i påsen då? De ville ju inte skaka ur mjölet…, kom det lite osäkert från Adam.

- Joho du, det skulle sett ut det… skrattade Vegas av bara tanken på vilken vit sky som skulle damma upp.

- Det skulle onekligen sätta lite färg på tillvaron… log Helga.

- Jag undrar bara vad det är den där systersonen till Larsson har i sin påse? Kom det lite fundersamt från Hugo.

- Inte något snyggt antar jag... Svarade Vegas, hon sände iväg en blick till Adam. Vid den blicken kurade han ihop sig en aning, nja i alla fall så gott han kunde. Hur kan det komma sig??

- Hmph… möjligt men inte säkert, kanske…

- Snälla Adam, om du nu helt enkelt måste snärja dig så… I annat fall kan du vara tyst, sa Madame Louise trött.

- Ha, ha… där fick du Adam. Både Vegas och Alfred skrattade gott.

- Må väl hända men… protesterade Adam.

- Om vi nu skulle återgå till den springande punkten … försökte Charleston att samla den lilla skaran till.

- Just det ja, vad mera precis är det som du vet Jenny? Pressade Adam.

- Nja vet och vet…, försökte Jenny att mildra det hela med.

- Kom igen nu… Här tryckte både Hugo och Starwar på, Blåvinge var inte heller sen med att instämma.

- Håller med… Kom igen och sjung ut nu.

- I vilket tonläge då… fnös Jenny till.

- I vilken du vill tjejen… smålog Blåvinge retsamt.

- Okey då, för jag antar att…

- Precis… kortade Tekla av när hon kom fram till gänget.

- Måste du avbryta innan Jenny hunnit förklara… högg Madame Louise av i en förtrytsam ton.

- Oh, förlåt så mycket då, var det enda Tekla sa innan hon vände Madame Louise ryggen eller ska vi säga baken.

- Hur ska det bli nu då? Vill ni veta vad som hände där ute efter revyn eller vill ni inte? Kom det både bestämt och hårt ifrån den otåliga Jenny.

- Kör i vind... smålog Blåvinge och det med en min som retade gallfeber på Adam.

- Det var så här, började Jenny, att när revyn slutade hörde jag att det var några som samlade sig ute på parkeringen. En av dem var Larsson, jag vet det, eftersom den yngre personen sa det till honom... fräste Jenny till Madame Louise innan hon hann protestera. Sen gick Larsson iväg och den yngre, troligen hans systerson, åkte iväg mot den bortre ändan av museet... Grabben visslade, fyllde Jenny i snabbt innan det var någon som hann samla sig för att protestera om hur hon kunde veta det.

- Åh ja, det var en som stod här borta och visslade en stund i hörnet... Hördes det från Berta.

När hon såg att Jenny drog ihop sig och surnade till fortsatte Berta...

- Förlåt att jag sa nåt...

- Ska fundera på det, kom det mörkt ifrån Jenny. Efter en stund hörde jag i alla fall att han kom tillbaka visslande, jag hörde det i några minuter. Sen blev det ett abrupt avbrott. Det följdes av en duns när en av tjejerna från revyn föll omkull. Vart exakt grabben sen tog vägen vet jag inte, eftersom visslandet då tog slut. Under natten sen var det någon här ute som letade efter något **med ficklampa**... tryckte Jenny i.

- Men hur kunde du veta att det var Larssons systerson som var där ute? Frågade Grålle lite försiktigt.

- D... började Jenny men tystnade... Det kunde jag inte ha vetat **då**.

- Men det som har hänt nu på morgonen, har fått din så kallade slutledningsförmåga till att tro det, skrattade Starwar lite retfullt.

- Retas inte, det kan faktiskt vara så att Larssons systerson har något finger med i det hela, kände Adam att han behövde säga till Starwar.

- Men hur är det då med påsen? Undrade Hugo.

- Den kan ha blivit utbytt om systersonen hittade påsen i natt… föreslog Helga.

- Men om den inte blev utbytt då? Frågade Berta.

- Ja, hur hänger det här ihop? Frågade Charleston rätt ut i luften.

- Det här är något för poliserna att reda upp, vi kan inte göra det… I alla fall inte härifrån... Avgjorde Alfred bestämt.

Efter det var det ingen som sa något mer, då Agneta och Båstad kom in. De började att ställa i ordning för utställningarna som kommer att visas under den nya säsongen. Hur det sen ska bli om någon mer revy ska visas i museets lokaler, ja det får väl tiden utvisa? Huruvida Cecil och Agneta är pigga på att låta revygänget sätta upp en ny revy eller inte, kan man inte veta på det här stadiet. Sen är frågan om revygänget vill göra det efter Mandels olyckliga krock med hoverboarden.

Kapitel 7

Revygänget hjälper polisen

I Falun konstaterades att Mandel enbart har stukat foten och, tack och lov, bara fått en spricka i handleden. Efter det beskedet åkte de hemåt. De andra i revygänget såg till att Mandel kunde ta det lugnt, i alla fall så var det ingen som hade någon tanke på att spela upp revyn igen. Inte på flera månader i alla fall, för utan Mandel skulle det ju inte gå. Larsson försökte att övertala Vilde...

- Jamen, kan ni inte ta in någon annan som spelar Madame Louise?

- Vem då i så fall? Nej, utan Mandel ingen revy, sa Vilde mycket bestämt.

- Vad säger de andra?

- Samma sak om jag får bestämma skulle jag tro. Med det ryckte Vilde på axlarna och lämnade Larsson att begrunda den uppkomna situationen.

Att Larsson ändå försökte med de andra får man väl se som lite desperat. Det var ingen av de andra som kände någon lust till att spela upp revyn utan Mandel. Cecil ringde upp Agneta vid middagstiden på måndagen för att prata om Larssons förslag...

- Agneta..., började Cecil att säga med en len röst, hur tänker du om revyn? Finns det en chans att spela upp den en gång till? Fick en fråga om det från Larsson...

- Jaså… han gjorde det. Men om vi ska göra det måste alla vara med på det och jag vet inte vad de andra säger. Du får säga till Larsson att vi måste ha ett möte om det… Det kan tidigast bli om två veckor…, kunde Agneta konstatera efter att ha konsulterat sin kalender.

- Jaha… ska göra det men Larsson kommer inte att bli nöjd med det.

- Bryr jag mig inte om, blev det korta svaret från Agneta. Förresten vad är det med Larsson och poliserna som var här igår?

- En olycka på parkeringsplatsen tror jag det var… Du får höra med Benneth, han vet nog mer om det.

- Jag får nog göra det… Och snälla Cecil, fundera inte för mycket på Larssons planer, det är ju inte bara han som har utslagsrösten i det här.

- Hm… Naturligtvis måste revygänget vara med på det, annars lär det inte gå.

- Det är inte så säkert de är pigga på att spela den igen, nu när olyckan har ställt till det för dem.

- Visst…

Mer än så blev inte sagt om detta. Att polis Berg stött på ett problem som inte var så lätt att lösa i en handvändning är inte överdrivet sagt. Han och Kurre, polismannen som var med honom igår ute vid museet, samlade sig för en genomgång nu på måndagsmorgon…

- Jaha du Berg vad har vi om denna olycka? Frågade Kurre.

- Röntgen av vetemjölspåsen visade att en annan liten påse låg där. Efter den undersökningen kunde vi konstatera att det var kokain...

- Var kunde det ha kommit från då?

- Tja, från labbet har de spårat det till ett tillslag som tullen gjorde för ett antal år sen...

- Hur i all världen har det kommit hit? Tillslaget kan väl inte vara ute på vägarna **nu** eller?

- Mja, när de skulle forsla bort det för att förstöras för några veckor sen så blev de...

- Säg inget mer de blev rånade va... Kommer ihåg notisen nu när du säger det, men hur har det kommit hit?

- Det vet vi inte... **än**, poängterade Berg för Kurre.

- Om vi återgår till brottsplatsen vid bilmuseet vad vet vi då?

- Är du så säker på att det var en brottsplats då?

- Hur ska den där påsen annars kommit dit?

- En leverans som inte gick helt som den skulle, kanske.

- Vi har inte några vittnen direkt och kameran då? Finns det någon sådan installerad mot parkeringsplatsen?

- Det frågade jag inte Benneth om, tjitt, det glömde jag.

- Okey Berg du glömde det, men det går väl att ringa upp museet. Det är väl inte bara Benneth som vet det i så fall.

- Neej, Kurre, det är inte det. Vi har ett annat problem?

⚜ ⚜ ⚜ *62* ⚜ ⚜ ⚜

- Vilket då?

- Larssons grabb är borta sen i lördags natt. Jag fick veta det alldeles nyss innan mötet när jag ringde till bilmuseet och vem tror du svarade?

- Vem då?

- Peter i fiket. Han talade om att Larsson inte visste var Kalle var någonstans. Den grabben har tydligen varit ute hela natten och har inte kommit hem nu på morgonsidan heller…

- Men han vet väl inte om grabben är på museet?

- Nej, kanske inte men vart ska han ta vägen? Närmaste byggnaden är ju museet, sen hängde grabben inte med Larsson och Mandel därifrån. Förresten så körde grabben på Mandel så hör efter vad hon har att säga… Det kan vara viktigt.

- Okey, jag ilar…

Efter det så stack Kurre iväg till Mandel för att få veta mer...

- Jaha du Mandel… Hur hände det här?

- Det var på tiden… Efter revyn, det var väl en kvart efter, gick jag över parkeringen för att sätta mig i Larssons bil, han hade lovat att köra mig hem eftersom inga bussar går vid den tiden. Det var då det kom en grabb på en hoverboard från hörnet av museet, han visslande och så krockade vi… Jag ramlade i backen och vart grabben sen tog vägen vet jag inte, men han lämnade kvar sin hoverboard. När Larsson kom springande för att hjälpa upp mig ville han helst inte polisanmäla händelsen, varför vet jag inte.

- Men det kan nog jag, sa Kurre lite mystiskt till Mandel.
- I alla fall så åkte jag med Båstad upp till Falun nu på förmiddagen, för att få skadorna dokumenterade.
- Det var hyggligt av Båstad.
- Jaa, Vildes farsa är en hygglig prick.
- Har du någon aning om vem den där grabben kan vara? undrade Kurre.
- Fick bara en hastig glimt... men han var bra lik Larssons Kalle. Men säker på det vet jag inte...
- Okey, det var bra. Sköt om dig nu och hälsa Vilde.
- Visst.

Mer blev inte sagt men Kurre började förstå det som Berg bara ville antyda, att det kan finnas en möjlighet att Kalle håller sig gömd i museet. Hade han förstått vad som kunde finnas i vetemjölspåsen? Misstänkte han att Larsson kunde ha något med det att göra, var det därför som Kalle drog sig undan? Nu började Kurre att fundera mer på om inte det var Larsson som hade något med knarket att göra och inte Kalle. Använde Larsson sin systerson för att han hade någon hållhake på honom eller finns det ett annat skäl? Om man bara kunde få tag på grabben... Berg å sin sida åkte till Bergets Bilmuseum för att se platsen en gång till, de hade bara inspekterat olycksplatsen. Nu gick han runt hela byggnaden för att se om det fanns några kameror uppsatta för i så fall kunde de kolla på de filmerna också. När Berg kom till hörnet såg han att en kamera var uppsatt, men satt den där vid olyckan? Han ringde på museets telefon och Agneta svarade...

 64

- Det Nya Bergets Bilmuseum, det är Agneta som svarar. Vad kan vi hjälpa till med?

- Polisen här... Den här kameran i hörnet när kom den upp? Var den i funktion på kvällen då ni hade revyn? Finns det fler övervakningskameror?

- Ojdå, det var flera frågor på en och samma gång. Jag har inte kollat på filmerna än, men ni kan få dem alla om ni tror att det kan vara till hjälp. Jag vet inte vilka som var i bruk så på den frågan kan jag inte svara... Kameran ut mot parkeringsplatsen tror jag var i funktion då, hur det är med de andra är jag inte så säker på...

- Okey kommer in för att hämta matrealet då... på en gång.

- Visst... Kom bara in genom entrén.

När Berg kommer till polishuset med filmerna så har Kurre kommit tillbaka. De sätter sig nu ner för att kolla på dem...

- Mandel sa att han kom från hörnet... Det måste ha varit den som ligger åt höger från entrén räknat, rapporterade Kurre.

- Mmm... jag var dit och där ska det finnas en kamera men som sagt Agneta visste inte om den var i bruk så vi får väl kolla upp det.

- Du kunde inte se något mer där...

- Inte mycket och efter hällregnet från igår natt så lär det väl inte finnas så mycket kvar att se...

- Vi får hoppas att Agneta har fel då om kameran menar jag...

- Okey vi tar den på en gång...

De tittade igenom rullarna som de fått och hittade en där de såg Kalle komma på sin hoverboard. Efter att han åkte ut från fältet, väntade poliserna andlöst en stund för att se när Kalle skulle komma tillbaka. Något han gjorde två minuter senare... Så hur långt bort kunde han hunnit? När han åkte in i kamerans bildvinkel hade han en låda med sig men den hade han inte vid det andra... Alltså måste han ha levererat den till någon, men vem? När de kollade upp Kalle i en större bild kunde de se att han hade något i handen. Kan det vara samma påse som de hittade i dungen, varifrån kom den?

- Vi måste ha tag på Kalle... Vet du någon som har en hoverboard som kan köra bort från hörnet och kameran.

- Revygänget har väl det eller har Larsson plockat in dem månntro...

- Vet inte, varför inte höra med Cecil han kanske vet.

- Okey, jag ringer upp.

Med de orden ringde Berg upp Cecil för att få reda på hur det stod till på den fronten. Det visade sig att Cecil låtit revygänget ta dem med sig hem.

- Ja, de tog med sig den hoverboarden som de använt i revyn. Jag kunde inte se någon anledning till att plocka in dem. Det var väl för att det var lite underförstått, att de kanske ska spela den fler gånger. Då behöver de sina hoverboards, förstår Berg.

 66

- Finns det någon möjlighet till att Larsson kan ha plockat in dem från revygänget, senare? Undrade Berg.

- Knappast troligt, det är ju han som vill att de ska spela upp revyn flera gånger… grymtade Cecil förargat.

- Jaså, han vill det…

- Ja, men jag vet inte om vi på museet är så pigga på det efter smällen med Mandel.

- Kan förstå det, tack för upplysningen.

- Visst visst, Berg det var så lite så... Samtidigt som Cecil avslutade samtalet började hans hjärnvindlingar att gå på högvarv.

Berg hörde sig för med Ricky, om han kunde köra en viss speciell sträcka på parkeringen med sitt tidtagarur…

- Kan jag väl… men Flingan hänger med i alla fall. Vilde vill nog också hänga med, men om Mandel kan vet jag inte.

- Ställer hela revygänget upp för att hjälpa polisen menar du?

- Såklart att vi gör… Vi ställer upp för Mandel fattar du väl.

- Låter bra… När tänker du köra sträckan?

- Ska höra med de andra först… Men hur snart behöver du få veta?

- Idag, helst.

- Okey, ska bli…

Efter samtalet med Berg slängde sig Ricky på luren och fick snabbt tag på de andra, det visade sig att alla var med på noterna och de ställde upp. Ricky, Flingan och Vilde samlades utanför museet för att ta reda på hur snabbt Kalle kunde ha förflyttat sig. Ricky hörde först med Benneth, för att få reda på hur långt ut kamerans bildvinkel sträckte sig. Vilde som fått en krita från Båstad markerade ut kamerornas bildvinkel, det här gjorde det lättare att se var någonstans Kalle försvann ur bild.

- Okey, då var det klart… Sätt igång och kör Ricky, ropade Vilde från sitt håll.

Ricky kom åkandes och där Kalle körde in i fältet startade Flingan klockan och när han körde ut från fältet, stoppade hon den. Vilde markerade ut på museets vägg de ställen där Ricky körde in och ur. Efter att det var gjort simulerade de en leverans och Ricky körde samma sträcka en gång till. Det tog inte två minuter så vad kunde Kalle ha gjort i mellantiden? De tittade sig omkring och fick se att det låg en brun tejpbit i gräset. Kan det vara så att Kalle har öppnat paketet och norpat till sig en påse innan han leverade den? Ricky åkte vidare och fick se flera däckspår efter motorcyklar på den lilla stigen som leder bort från museet. Han tittade sig omkring och kunde inte se någon kamera i närheten, så det här måste vara ett perfekt ställe för skumma leveranser. Vilde och Ricky simulerade en leverans och kom fram till vilket troligt ställe det kunde vara och där kritade Vilde upp ett märke. Sen rapporterade de till Berg…

- Berg, nu har vi kollat upp det hela, så snabba dig hit så får du se själv…

- Måste vara något speciellt eftersom du säger så där… Tar med mig Kurre och kommer på stört.

Vilde visade Berg var Kalle försvann ur bilden utifrån de markeringar som de har gjort på väggen. Berg fick också veta var de har hittat tejpbiten. Ricky visade på däckspåren och sa till Berg…

- Så någonstans här emellan måste leveransen skett tror vi.

- Det låter troligt, sa Berg begrundande.

- Har ni testat avståndet? Undrade Kurre.

- Jäpp, sa Vilde, det gjorde vi och räknar man in den tid som det kan ha tagit att dra bort tejpbiten och grabba åt sig en påse och leverera. Det tog inte riktigt två minuter så de har säkert snackat lite eller så smakade Kalle på mjölet. Något måste ha hänt i alla fall…

- Det är nog riktigt… Kalle kanske fick veta vad den innehåller och då ville han naturligtvis snabba sig bort härifrån.

- Tror du det, Berg. Varför skulle han göra det? Frågade Flingan.

- Vet inte? Han kan ha fått sina misstankar från Larsson…

- Hm, sa Vilde fundersamt..., Larsson har uppträtt lite underligt på senaste tiden det stämmer. Men räcker det för misstankar...

- Men… sa Flingan som stått och funderat en stund, det stämmer han har inte varit sitt vanliga jag som för ett år sen…

- Det var då som det började dyka upp narkotika på er skola… Det började i alla fall dyka upp rapporter om det, skyndade sig Kurre att tillägga.

 *69*

Jaha ja, det börjar visst tätna för Larsson, ojdå. Undrar vilka bilar som stått invid just den här speciella väggen, bakom den kamerans bildvinkel, på revykvällen. Och som kunde ha hört vad som hände? Ja visst, Berta stod i hörnet men vilka stod lite längre in? Kunde Kalle ha stått där, när han visslade? Var det då han grävde i kartongen, innan han levererade den. Men hur ska de kunna tala om det? Nja, det kanske Berg listar ut ändå nu när han har fått hjälp av revygänget.

Efter att Berg och de andra gått sänkte sig tystnaden. I bilhallen kunde man istället höra Adam, som inte riktigt kunde släppa det hela, fråga sin vän...

- Jaha, du Berta, frågade Adam, vilka stod jämte dig?

- Få se... Tekla, och så den där lilla bruna, vet inte vad den heter? Jo, sen var det en Alfa Romeo, en sån där Spider, tror jag att modellen heter... Vad är det nu då?

- Vincent, till er tjänst damen, skrattade en bil längre in i lokalen.

- Javisst ja... kommer du ihåg vad den bruna heter?

- Loke var det visst, om jag kommer ihåg rätt.

- Vinne, det gör du din rackare, fnös Loke irriterat.

- Är det någon som vet vad som hände vid det tillfället?

- Loke, smörade Vinne, du hörde visst nått... Det viskade du i alla fall det till mig...

- Jo, men det var så svagt, kan ha misstagit mig...

 70

- Loke, vad det än är som du hört... Får du nog lov till att säga det är jag rädd, sa Berta med ett leende.

- Jajamen, det är bara till att spott ut… retades Vegas.

- Spott ut och spott ut… Kan du inte komma med något bättre? Här fnös Loke, men han började ändå med att berätta. Jag hörde att det var ett gäng med motorcyklar och de stannade till en mycket kort stund innan de fortsatte.

- Innan motorcyklarna kom hörde du inte någon annan... Här utanför då? Försökte Vinne uppmuntra Loke med.

- Ja ja, om du absolut måste veta var det en grabb som visslade... Jag tror han satte ner nån sorts kartong… Det lät så i alla fall, sen stack han snabbt som ögat. Efter den lilla redogörelsen avslutade Loke med ett resolut smack.

- Verkar inte som vi får ut nått mer av Loke… konstaterade Alfred.

Det verkade som att Alfred fick rätt så… Hur blir det nu kommer Berg och Kurre att få reda på det här på något sätt eller? Under tiden får vi väl ta reda på hur de på Bilmuseet mår efter revyn… Det är någon som smyger utefter museets väggar mot caféet, vem? Någon öppnar entrédörren till museet samtidig som han pratar i mobilen. När han väl kommer in i det upplysta ljuset ser man vem det är. Det var Benneth som traskade in, men vad gör du här? Vid denna sena tid?

- Vad sa du, Peter?

- Vill du kolla i caféet?

- Någe speciellt?

- Glömde slänga soporna i hastigheten efter revyn, om du kan göra det är du bussig...

- Okidoki, vi hörs sen då.

När Benneth kliver vidare mot caféet och stöter han ihop med den som smugit runt i museet...

- Vad i all världen gör du här? Vem är du förresten?

- Dito... får man väl också säga. Men annars är namnet Kalle.

- Jaha och...

- Det här var den enda platsen som jag kunde gömma mig på i hastigheten...

- Varför då om man får fråga det?

- Jag fick ett paket av Larsson som jag sen levererade till motorknuttarna. Ja, jag blev nyfiken liksom och så tog jag en av påsarna och liksom provsmakade det som var i påsen...

- Och...

- Vetemjöl...

- Sen då...

- Men de kommer ju att slå ihjäl mig och Larsson när de smakar på det...

- Är du säker?

- Jamen, det förstår du väl vad de var ute efter... Narkotika.

- AHA… men du tror inte att de fick det.

- Vet inte, men jag vågade inte köra hem ifall det har blivit något fel på leveransen. Jag vet inte vad det är som Larsson blivit inblandad i…

- Hm… Du kan antingen snacka med Berg eller någon av hans kollegor så kanske de kan komma på någonting, menar jag.

- Kanske… men nu är jag hungrig som en varg.

- Haha, jag tror nog att vi har några Saltpetersburgare kvar.

- Okey, får väl försöka att salta ned den då…

- Haha, gör det du… så ringer jag till Berg så länge.

Inte så långt ifrån Bilmuseet låg Backlunds garage. Den här eftermiddagen har Motorknuttarna samlat sig i garaget och man kan inte påstå att stämningen var speciellt hög därinne.

- Vi har blivit lurade…, konstaterade den som satt på den silverglänsande Hondan.

- Ser inte bättre ut Silver, men vem kan tänkas sno något från oss? Undrade den som satt på en blåmetallicmålad HD.

- Rune, det finns väl inte så många som kan tänkas kunna göra en sån sak. Larsson kanske har fått betänkligheter…, kom det syrligt ifrån en annan i gänget, den som brukade köra runt på en illröd egenhändigt ihopplockad motorcykel.

- Vet inte, men det fattas en påse i leveransen denna gång, sa farsan. Larsson kanske vet nått i alla fall… Vi kör dit nu så häng på, uppmanade Silver till de andra.

⚜ ⚜ ⚜ *73* ⚜ ⚜ ⚜

Bilarna i museet hörde när motorcykelgänget körde iväg från Backlunds garage mot Larssons villa. De var inte precis glada när de åkte iväg, utan de tänkte verkligen göra upp med Larsson om den senaste leveransen. En leverans som var viktig för i alla fall en grabbarna då den skickades vidare till hans far. Eftersom Backlund var vaktmästare på skolan kunde han lätt sälja vidare. Att Larsson blivit inblandad liksom motorknuttarna beror på att Backlund använde Larsson när han bröt benet. De tog hjälp av motorknuttarna, där en av dem är Backlunds son, för att hålla uppe denna inkomstbringande cirkus. När Kalle hörde hur grabbarnas cyklar svischade förbi museet ut mot Larssons villa kryper han ihop bakom disken inne i caféet. Kalles stilla förhoppning är att Larsson ska vara på skolan... Det var inte bara motorcykelgänget som ville ha tag på Larsson, som har lyst med sin frånvaro ända sen gårdagens möte med Cecil. Även Polisman Berg ville lägga vantarna på Larsson som han haft bevakning på under en längre tid. Det är bara det att först måste han hitta Larsson för att hålla ett ingående förhör, det skulle inte bli lätt... Berg ville också gärna ha ett längre samtal med Kalle, Larssons systerson, var han nu har gömt sig någonstans. Utanför Larssons villa har nu motorcykelgänget stannat och ringer på dörren. När de inte fick någon reaktion började dem istället att skrika och bulta på dörren. En i motorcykelgänget tog upp sin mobil och ringde till skolan för att höra om Larsson var där...

- Nej, han är inte här... Larsson har anmält sig sjuk, det var något med magen.

- Tack, sa Silver. Jag menar inte för att han är dålig, men för upplysningen... Sen avslutade han samtalet.

⚜ ⚜ ⚜ 74 ⚜ ⚜ ⚜

- Är han sjuk? Undrade Rune på Hondan.

- Han har anmält sig sjuk... Men det finns väl inget som säger att han är det...

- Ska vi bryta oss in? Kom det lite upprymt från Rune.

- Nej... i alla fall inte in i huset, vi tar garagedörren. Kom det från Silver, efter det att han tänkt en stund.

Det här blev startsignalen till ett meningslöst inbrott som inte skulle ge dem någonting eftersom Larsson inte var hemma. Så var är han? Ingen Larsson och ingen bil i garaget... De kunde inte hitta någonting, som kunde ge dem ens en liten fingervisning, om vart Larsson kunde tänkas ha tagit vägen. Nedslagna satte de sig på sina cyklar och åkte tillbaka. Efter motorcykelgänget kom sen polisen, eftersom grannarna till Larsson har ringt om bråket utanför hans hus.

- Jaha... Berg, vad ska vi göra nu? Frågade Kurre. Mc-gänget har varit här och strulat till det...

- Kanske, kanske inte... sa Berg lite hemlighetsfullt.

- Vad menar du?

- Mc-gänget är Silver, Rune och en annan bråkstake på en illröd ihopplockad motorcykel... Låter det bekant?

- Säg inte att Junior har varit framme nu igen?

- Men han är som sin far riktigt haj på att knåpa ihop det som har med motorer att göra, vet du väl. Det är bara det att han i alla fall, så vitt jag vet, inte har nått med knark att göra, summerade Berg.

 75

- Men mc-gänget kan behöva en som fixar deras cyklar... påpekade Kurre.

- Rätt. Vi får väl undersöka det hela ändå...

I och med det här kom poliserna att efterlysa Larsson och hans bil, något som skulle komma att visa sig vara klokt. Efter en del sökande lyckades de få tag på Larsson och nu sitter han på polishuset för att förhöras. Det är en mycket nervös Larsson som nu sitter framför Berg.

- Det var Backlunds idé... var det första som Larsson sa innan Berg hann börja att fråga honom.

- Och vad mera exakt gick den ut på? Undrade Berg något försynt.

- Det var Backlund på vaktmästeriet, han kände en langare som har några kunder på skolan, inklusive mig. När Backlund råkade ut för den där bilolyckan och bröt benet då kom han på att jag kunde hjälpa honom... För att det inte skulle bli något brott i leveransen använde vi mc-gänget. Hans son är med där... Men nu har lärarna på skolan börjat kolla igenom vad som finns i skåpen efter knarket. Så jag har nu i några gånger fått dela upp knarket i mjölpåsar som sen mc-gänget kört till Backlund som i sin tur smugglat in det till skolan. Ligger knarket i de där mjölpåsarna får lärarna inte tag på det så lätt. När jag har lämnat paketet till motorknuttarna kör de till Backlund som sen tar hand om resten..

- Silver ja...

- Jag behövde en mellan hand, nu när jag hade revyn att

tänka på... Så min systerson Kalle fick hoppa in. Det blev lite för mycket med revyn och det andra … Mina nerver klarade inte riktigt av det hela så, ja, jag började att norpa lite… Det blev väl inte så bra och nu när Kalle tydligen kommit på mig och försvunnit… Så, ja, jag vågade inte stanna hemma. Och nu när jag inte vet när nästa revy ska bli av… Det är meningen att nästa leverans skulle ske då.

- Svettigt…

- Minst sagt, sa Larsson som lyste upp inför polismannens förståelse för situationen.

- När kom Backlund på idén om att sälja knark i skolan?

- Få se… Det var för två år sen på våren, tror jag…

- Kan stämma bra det… och du har varit en del i denna leveranskedja hela tiden?

- Nja, sen i höstas, men jag har vetat om Backlunds affärer i två år, ja.

- Okey.

- Antar att du bara haft med Backlund att göra?

- Ja.

- Okey.

- Till hur många elever levererade ni till?

- Tio.

- Då vill jag ha namnen… Du kan skriva ner dem här så att vi kan informera föräldrarna, tjing på en stund.

❧ ❧ ❧ *77* ❧ ❧ ❧

När Berg lämnade rummet satt Larsson och stirrade ner på det tomma A4-arket, innan han fattade pennan. Till en början kliade han sig fundersamt i håret. Kurre som såg Larssons vånda i förhörsrummet kunde inte låta bli att se det lustiga i det hela. Berg kom fram och frågade...

- Skriver han ner nått?

- Japp.

- Bra. Mycket bra. Vi kan snart kanske få ett slut på det här... sa Berg och gnuggade sina handflator.

Det var just vad det blev, i alla fall ett slut på Backlunds leveranser. Backlund åkte in i finkan och Larsson gjorde honom sällskap, plus att båda förlorade sina arbeten på skolan. Mc-gänget fick också sin beskärda del men när det framkom att de enbart fungerat som bud mellan Larsson och Backlund, dömdes de till samhällstjänst. När Cecil fick veta det tog han kontakt med Agneta och frågade henne...

- Hur gör vi nu?

- Vadå gör??

- Med revyn menar jag. Vi ska väl ha den igen... När vi öppnar för säsongen?

- Jaa, men vad är då som plågar min herre? Retades Agneta med Cecil.

- Larsson.

- Han är indisponibel nu det vet jag, men för den skull så kan väl de andra sköta revyn och du kan...

- Nej, Agneta det gör jag inte...

- Hetsa inte upp dig, någon måste presentera revyn. Vi får diskutera det sen. Först måste du ta kontakt med Vilde.

- Jaha…

- Vi behöver ett klartecken från revygruppen först, innan dess kan vi inte sätta någon på att presentera eller hur?

- Jo, kanske det. Kom det lättat från Cecil men han kände sig inte så säker…

Efter det här samtalet fick Cecil i uppgift att handla hem några saker av sin fru, vilket han gjorde.. I sin förvirring placerade han sakerna lite fel när han kom hem…

- Var är tandkrämen? Ropade hans fru en aning irriterat från badrummet.

- I badrummet… skrek han tillbaka.

- Menar du att jag ska borsta tänderna med laxpastejen?

- Ups… Cecil gick till kylskåpet och där på en hylla låg tandkrämen och retade honom.

- Var blev du av? Frågade hans fru bakom honom.

Cecil funderade över hur det här kan ha gått till men svarade bara...

- Den ligger i kylskåpet, älskling.

- Jaha du, min lille virrpetter. Kan du ge den till mig då och lägga in laxpastejen istället?

- Visst…

Efter det intermezzot gick Cecil över till Båstad som faktiskt var hemma för tillfället.

- Vad är det? Frågade Båstad.

- Tror du revygänget kan köra en vända till?

- Kan inte jag svara på... Men du får höra med Vilde om han vet nåt om det.

Hur det än var med den saken kom de fram till att Kalle presenterar revyn istället för Larsson, eftersom han nu blivit indisponibel. När det hela var klart och bilarna i museet fått det hela klart för sig att det ska bli ännu en revy, hojtade Madame Louise...

- Jag gör det, jag gör det...

- Vadå? Frågade Vegas.

- Går i strejk.

- Jaså... inget annat, retades Vegas.

- Humph, höö... kom det från Vinne.

- Sa den där lille lymeln någe?

- Säg inte så där... jag tycker bara känna igen den tonen ifrån en viss revy... bara så där.

- Ha ha, det är vi fler som gör, skrattade Hugo och Blåvinge.

- Jag undrar... om de kommer att ändra på nånting, menar jag, kom det försiktigt från Berta.

- Tror du det? Frågade Adam.

- Man kan aldrig så noga veta… höll Helga med om.

- Jamen, hur ska de kunna ändra på revyn? Undrade Grålle som kommit insmygandes fram till bilarna.

- Usch… Vad du skräms? Tyckte Tekla.

Samtidigt så har revygänget samlats i en annan del i Berget för att diskutera den frågan. Vad de ska lägga till eller dra ifrån från förra revyn.

- Vad säger ni? Är det nåt som vi ska ändra på? Undrade Vilde.

- Vi ska definitivt inte ta bort Saltpetersburg i alla fall, inte helt, kanske salta på den lite… kom det försynt från Flingan.

- Skulle kanske inte bli så dumt, höll Ricky med om.

- Ja, men hur och hinner vi? Började Vilde att säga men blev avbruten av Kalle.

- Kom igen gänget… Om alla lämnar in var sitt förslag om vad som kan göras, kommer inte det att spara tid? Ni har väl skrivit ner hela revyn?

- Jo, sa de allihop.

- Ni spelade upp den en gång. Ni kände säkert då vilka bitar som gick hem och vilka som inte gjorde det? Tänk tillbaka på den kvällen. Vad var det då som ni kände kunde förbättras… Skriv ner det.

- Bra, Kalle. Vi gör det eller hur gänget? Sa Vilde glatt.

- Visst, om du säger det så… kom det lite slött från Ricky som inte var speciellt glad över att Kalle tog över så där.

Flingan knuffade till Ricky...

- Kom igen nu... Vi kan i alla fall göra ett försök.
- Sant, sa Mandel och Vilde samtidigt.
- Då så, då träffas vi här igen om en vecka... sa Kalle glatt.

Efter att revygänget och Kalle har diskuterat med Cecil och Agneta kom de fram till att de avslutar säsongen med en revy istället. Turistsäsongen slutar i september och det ger revygänget lite tid för att kunna spetsa den.

Kapitel 8

Lådbilsrallyt

Inför säsongsöppningen som är bestämd till 1 maj behövde man göra klart med olika saker. Av den anledningen ringer Leif upp Raud...

- Jaha, du säger det ... jaha visst, avslutade Leif sitt samtal med Raud.

- Vad är é om...? Undrade Benneth.

- Raud ville bara informera mig om hur långt Bilbyggarna kommit i bilprojektet. Det ser ut att bli klart, men det återstår några problem att lösa...

- Jaha och...

- Vi får koncentrera oss på rallyt och utställningarna. Där föreslog Raud några teman som kan bli rätt så intressanta.

- Vi får ta det med Neta och Cecil sen, avgjorde Benneth.

- Jaså, du och Agneta är sams igen, så bra. Leif kunde inte låta bli att vissla lite sakta på en bröllopslåt.

- Äsch... Kom det från Benneth som inte ville diskutera saken utan svepte i sig sitt kaffe. Efter det reste han sig raskt och gick ut från caféet för att sätta igång med dagens arbete.

Benneth och Agneta beslöt sig för att de till en början i alla fall har utställningen från resan, som de ändå har klar sen i höstas. Hur

det blir sen är väl en senare fråga? För att få in fler besökare tänker man ordna med utställningar som bygger på olika teman.

- Vilka teman då? Frågade Cecil.

- Vi kan ta ett tema i år. Gamla svenska bilar... här tittade Benneth lite försiktig på Agneta.

- Hm, det kan man kanske göra... Vi kan byta bilar eller... Jag vet, skrek Agneta till.

- Vadå? Sa både Cecil och Benneth i en mun.

- Jag måste forska fram lite för att se om det går...

- Men kan du inte tala om... började Benneth men tystades av Agneta.

- Inte förrän jag vet om det går, min lille vän.

Det var det... Agneta visste ju inte om det skulle gå att dela upp det i perioder som hon tänkte. Efter en hel del research beslutade hon sig för att sätta ihop det som en enda utställning och inte dela upp den. Men det talade hon inte om för vare sig Benneth eller Cecil. Något straff, tyckte Agneta att de borde få, när de inte hade talat om för henne att de gett Vilde tillåtelse till att repetera i museet. Under tiden som Agneta gräver ner sig i Svenska bilar genom tiderna så diskuterar Benneth och Cecil om hur de ska göra med det lilla bilrallyt.

- Om vi lägger upp en bana på parkeringsplatsen och de kör i två varv... blir inte det bra, frågade Benneth.

- Kanske... kanske inte. Cecil satt och grunnade på annat och tänkte inte så mycket på rallybanor.

- Kom igen nu, Cecil. Vi måste slå fast hur banan ska se ut... innan vi kan gå ut med förfrågningar om förare, okey.

- Hm... kan de inte köra på den där lilla grusvägen som slingrar sig in en bit och vända ut på gångbanan som följer vägen när de kör tillbaka... kom det tankfullt från Cecil.

- Hmm, är det rally vi snackar om eller en bana som de gamla bilarna kan köra? Fnös Benneth.

- Rally..., förlåt Benneth jag är visst lite tankspridd idag, vi måste naturligtvis i så fall bredda den lilla grusvägen och det kanske blir ett problem. Parkeringsplatsen i två varv blir lättare förstås.

- Skulle tro det... ja.

Längre än så kom de inte denna gång... Efter att dem diskuterat med Agneta, kunde de i alla fall komma fram till ett beslut. En förfrågan efter förare gjordes och det fanns mycket riktigt de som ville ställa upp, några känner vi igen sen förra gången... Lisa, Nadia, Hans och Charlie. Robérts familj har tyvärr flyttat från Grängesberg, så av den anledningen kunde han inte vara med. Men sen kom det några nya namn som André, Markus, Lillvi och Theresa. När de presenterade namnen för Agneta och hur banan skulle se ut, måste hon medge att grabbarna verkligen har gjort ett bra jobb... i alla fall denna gång. Veckorna gick och dagen med stort S närmade sig mer och mer. Den stora dagen när det Nya Bilmuseet ska öppna för sin första säsong med lådbilsrally som dragplåster. Även den här dagen kom med underbart väder, solen sken och varma vindar smekte över den tomma parkeringsplatsen. Vädret var ändå inte så att det blev för varmt och gassigt, utan lagom. Tja, det kan ju bero på vem du

frågar visserligen, men enligt Raud i alla fall så kom den dagen med lagom väder. Det var nog inte alla som höll med Raud om det. Speciellt inte kommentatorn som kommit ifrån Sydamerika och som nyligen landat på flygfältet alldeles i närheten, så sent som i förra veckan. Kommentatorn för i år, som är Cecils son, väntade just nu i ett av museets rum för att få reda på när starten ska börja. Genom rummets fönster hade han fri utsikt över rallybanan och tillgång till ett bra högtalarsystem. Agneta, som också fanns i rummet, började med att hälsa alla välkomna till en ny säsong. Efter det tog kommentatorn över och han började med att presentera de som ska köra...

- Rallyt körs i först två vändor där de som kvalat in till finalen kör en sista vända, precis som förra gången om ni minns den... Vi har sett när de kört sin provbana och vadslagning är inte tillåtet, vill jag härmed påpeka för alla. Den som gör det tar Berg hand om, bara så ni vet det... alltså.

- Tråkmåns... var det en i publiken som muttrade, samtidigt började han att lämna tillbaka de vadslagningspengar som han fått.

- Jaså, där hade vi en som redan börjat med vadslagningen och tagit emot pengar, skrattade kommentatorn när han såg det. Bra gjort av dig att betala tillbaka vill jag säga ändå. Men nu till rallyt... det första heatet körs av Lisa, Nadia, Lillvi och Theresa. Damerna först vet ni. Men nu ställer de upp sig... Lisa och Nadia på första raden och på den andra har vi följdriktigt nykomlingarna Lillvi och Theresa... och där gick starten. Nadia din fuling pressar sig förbi Lisa, hon tränger undan Lisa. Hon minns tydligen hur det var förra gången… Det är bara det att nu är det lite bredare lite längre fram så Lisa kan ta igen det. Verkar som om det kan bli så för hon ligger bakom Nadia och avvaktar, men Lillvi och Theresa kommer. Lillvi är lite mer aggressiv hon smyger upp bredvid Lisa och ja... hon pressar sig förbi och nu kommer den bredare etappen och där går hon upp jämsides med Nadia… Ska hon lyckas att hålla sig där eller tar Lisa som verkar vilja pressa sig mellan dem, det går inte utan nu kommer vändningen och där pressar sig Lillvi framför Nadia som tar vändningen som två men vi har raksträckan, där kan det hända mycket. Det är svettigt det här… Oj, oj där kommer raksträckan och Nadia kör upp bredvid Lillvi och där går hon förbi, Lisa vill hänga på Nadia men Lillvi ökar och lägger sig bredvid Nadia. Så nu kan Lisa inte komma förbi. Ska det här hålla fram till mål eller kommer det mer… verkar så och där går Nadia och Lillvi i mål, vi får avvakta målfotot men för mig såg det ut som Nadia. Under tiden kan vi lyssna på lite musik…

Under tiden som de inväntade resultatet gick några fram till korvståndet, för att inhandla både lite korv och läsk eller kaffe. Medan de stod där och lät sig väl smaka, av Peters hemgjorda korv, kom så resultatet…

- Första pris går till Nadia och därefter kommer Lillvi, de kommer att få möta två grabbar i den slutgiltiga finalen. Om en halvtimme kommer killarna att köra sitt heat så ni behöver inte få korven i halsen, tugga lugnt…

Efter att pausen var avklarad tog kommentatorn åter till orda…

- Hej igen, nu är det dags för killarna att ställa upp sig…

Skottet gick av och de körde iväg. Den första killen som kom

fram till vändningen var Markus som hade hållit hela ledningen, men nu pressade sig Charlie förbi och sicksackade ett tag framför Markus, som fick en sladd på bilen. Innan han hann få kontroll på den körde de andra förbi. Men Markus gav sig inte utan han tog sig förbi André och Hans, så han kom att nosa Charlie i baken ända fram till mållinjen. De som går vidare från grabbarnas heat är Charlie och Markus. Så hur kommer det att gå vid det mixade heatet… Det är en fråga som flera var intresserade av…

- Det ska bli intressant… höll Helga med om.

- Undrar vad valparna tycker om att få köra igen… Jag menar de trodde väl de hade kört färdigt. Jag tyckte det lät så på Anna… sa Berta oroligt.

- Sissi tror jag också var inne på den banan… Här fick Hugo till det lite i all annan soppa som varit.

- Är det inte på tiden att Bosse får vinna, högg Adam av med.

- Javisst, han är ju din lille gullegris… bil menar jag, fnös Berta.

- Börja inte nu igen… snälla ni. Vi har haft det så lugnt och skönt nu ett tag på den fronten. Kan ni inte hålla sams?

- Håller med dig, Helga. Så hur tänker ni göra? Undrade Hugo.

- Göra och göra… För min del så har vi lagt ner det hela… Så länge Bosse har en chans så, avslutade Adam stolt.

- Jaha så nu är det inga namnproblem då? Skrattade Hugo.

- Nej, jag visste inte att vi hade några… fnös Adam.

Oj, oj, Hugo var du tvungen att ta upp det... Det hela får vänta för nu ställer lådbilarna upp sig för finalen. Anna som inte kunde vara tyst sa till Bosse...

- Det här trodde vi väl aldrig på flaket...

- Neej, det gjorde vi inte.

Mer blev inte sagt för nu gick startskottet. Den som körde Bosse var Charlie och han verkade stå på riktigt ordentligt redan från början. För den lilla blå bilen hade aldrig blivit körd på det här sättet, Charlie tog täten och bilen Anna hängde på med Markus som chaufför. När chansen dök upp för Nadia körde hon om Markus, Lillvi som också försökte fick se sig tvungen att avvakta. Vid vändningen tog hon chansen och sneddade förbi Markus på det viset kom hon att ligga bakom Nadia. Under resten av resan på raksträckan kom det att se ut som följer: Charlie kom först och bara några centimeter där efter kom Nadia uppkörande. Efter dem kom Lillvi och karavanen avslutades med Markus. Efter rallytävlingen tog Agneta mikrofonen och gjorde lite reklam med orden...

- Välkomna till denna nya säsong i vårt nya Bilmuseum. På det övre planet har vi ett nytt café och ett rum där en del utställningar kommer att finnas. Den första har temat "Svenska bilar genom tiderna" i samma rum finns också den som vi hade i rotundan på Folkets Park. Välkomna in!!

Efter det gick hon ner till bilhallen för att tillsammans med Raud, Benneth, Cecil och Leif ta emot de första besökarna. Peter

 *89*

i caféet stod klar med några av sina burgare för i år... En grabb kom fram och frågade Peter...

- En Salt Petersburg tack...

- Har vi inte grabben, men du kan få en vanlig Petersburgare fast med sting... Kan inte det passa grabben lika bra?

- Joo, det tror jag nog... och pommes, glöm inte pommes, skrek grabben efter Peter.

Barnfamiljer och äldre gick runt i bilhallen, efter det gick de upp till utställningarna. De flesta passade på att besöka caféet, det resulterade i att det slank ner en och annan Petersburgare med pommes. Doften av de välkryddade hamburgarna och pommes fyllde hela lokalen. När Agneta stängde den kvällen var hon och de andra ganska så nöjda med dagen. Lådbilarna som nu står på andra våningen hade mycket att tala om... Det riktigt bubblade där inne. Bilarna i bilhallen hade också mycket att avhandla och Kalle gick runt på sin vaktrunda. Kalle som inte hade någonstans att ta vägen hade fått Agnetas och de andras tillåtelse att sova över i Bilmuseet, om han gick vakt. Kalle som inte hade någon större lust att återvända till Larssons hus ställde mer än gärna upp på det. Timmarna går och natten börjar lägra sig... Efter att Kalle gått runt en vända satte han sig ner i soffan inne i Agnetas kontorsrum, för att fundera på revyn. Utanför husets väggar smög en välbekant figur, Vilde... Men snälla Vilde, vad gör du där? Kalle började att läsa det som Vilde skrivit ner, allteftersom han läste, började han klia sig fundersamt på hakan. Vad göra? Hur ska han kunna förändra revyn? Något måste göras, men vad? Han kände att ett snack med oroshärden Vilde behövde göras. Han får göra det

imorgon för nu måste han sova på saken. Morgondagen skull ändå innebära en hel del förändringar. Det var då som han ska flytta in till ett rum som Cecil låtit honom ställa i ordning i den gamla ladan. Med dessa ljuva framtidstankar intog han sovläge men han hann inte somna in riktigt förrän han hörde hur det knastrade i gruset utanför… Kalle blev stel som en pinne och slog på hela batteriet av utomhusbelysning och larmade polisen.

-   Berg… Vi har fått ett larm från Bilmuseet, ska vi åka eller? Undrade en yrvaken polis.

-   Klart vi ska. Vi ringer dit från bilen… Kalle, har slagit larm men det kan nog vara bra att kolla upp det.

-   Kalle?

-   Han går vakt där om nätterna…

-   Jaså…

De satte sig i bilen och stod på riktigt bra på vägarna… Det är ju som sagt en bit till museet och bovarna kan redan ha gett sig av. Men de borde ha fångats upp på film, tänkte Berg något försiktigt. Innan de riktigt var framme ringde Berg från bilen, han fick vänta en stund innan Kalle svarade…

-   Förlåt, Berg att jag kallade på er… Det var bara Vilde som strövade runt byggnaden. Jag har tagit hand om honom och vi ska ta ett riktigt snack om den här saken.

-   Okey, då vänder vi. Konstaterade Berg.

-   Kunde inte den där Kalle ha väntat med att larma, grymtade den andra polisen.

-   Det är bättre att larma än att inte göra det.

Hursomhelst så vände poliserna och Kalle avgjorde att något snack nu i natt inte var lämpligt. De får ta det hela senare på förmiddagen ute hos Cecil. Till det här allvarliga samtalet om Vildes smygande om natten utanför museet inbjöds även Agneta. Kalle tyckte det kunde vara bra att ha båda två närvarande. Inför förmiddagens samtal med Vilde, hade Agneta hämtat en rulltårta från frysen och Cecil ordnade med kaffe. Efter förmiddagens samtal tänkte Kalle fortsätta med att diskutera själva revyn. Han ville ta upp några idéer med Vilde som han fått när han läste den.

Kapitel 9

Bland museets väggar

Under denna turistsäsong har ett flertal människor kommit och gått. En del har stannat till vid bilarna och funderat på hur tidens gång förändrat deras utseende. För att intressera barnen och ungdomarna har de ställt iordning ett rum med mindre bilar. Där inne står nu de fyra lådbilarna och Moby tillsammans med Bobby. Inte långt därifrån låg caféet där Peter huserar och med tiden har han fått in en riktigt bra feeling för sina burgare. Att dressingen sen fått en mera spets på sig kan väl inte vara något att klaga på eller… De mindre bilarna på andra våningen började känna sig ganska hemmastadda, något som man kan förstå på deras samtal. Bosse som såg framemot att revyn ska spelas upp en gång till, kunde inte hålla tyst om det.

- Visst, blir det kul, undrar bara vad Madame tycker?

- Tja, hon var inte så glad över idén sist sen får hon ju inte spela sin roll själv så… inflikade Todd.

- Hon blev snuvad på karamellen… skrattade Sissi.

- Hur kan man bli snuvad på någon karamell, om man från början sagt ifrån att någon teaterhoppa vill hon inte vara? Undrade Moby lite sakta.

- Du tror inte att hon skulle gett med sig till slut då? Kom det frågande från Anna.

❦ ❦ ❦ 93 ❦ ❦ ❦

- Madame Louise... Ge med sig… Verkar inte troligt lilla du, skrattade en liten racerbil. Den hade varit Pumas favorit sovplats i det gamla museet och den heter för övrigt Bobby.

- Hurså? Kunde Sissi inte låta bli att fråga Bobby.

- Jag stod ett tag i Snickarns verkstad och där kunde jag inte låta bli att höra deras diskussioner och andra småtokigheter som hände där. Så av den anledningen tror jag inte speciellt mycket på någon förändring i Madames attityd. Om det nu inte har hänt något alldeles speciellt sen de lyfte in mig till Cecils residens, sa han något överdrivet och högtravande.

De fortsatte med sina diskussioner lite fram och tillbaka men det hela slutade med att…

- Hur det än är så får vi väl vänta och se… suckade Sissi. Nu är damen ifråga en mycket nyfiken liten bil så den tanken, att vänta och se, tyckte hon inte om.

- Vi kan väl inte göra mer än så, höll Bosse med om.

- Ser inte bättre ut… konstaterade Todd och Bobby.

- Hysch… det kommer nån, viskade Moby.

Ja, det var verkligen någon som smög utanför deras dörr. Där utanför på balkongen var det någon som smög, men vem är det? Agneta, Cecil och Benneth har redan gått för dagen och Peter har varit ledig idag. För det kan väl inte vara någon från revygänget eller?

- Men Kalle då… protesterade Sissi lite andlöst.

- Va? Vad sa du? sa Moby lite konfyst.

- **KALLE**, sa de andra högt till Moby.

- Ja, ja, jag hör jag är inte döv. Men vad har Kalle med stegen som smyger utanför dörren?

- Det är det som Sissi funderade över… skulle jag tro, suckade Bobby.

- Jaså… inget annat.

- Vad menar du med det? Kom det uppfordrande från Tod.

- Bor inte han ute hos Cecil numera… Jag har för mig att det har diskuterats om det inne på kontoret.

- Moby, vad är det för någonting som du sitter inne med? Brummade Bosse en aning mörkt.

Moby hann inte med att säga någonting då dörren plötsligt for upp och en människa som de aldrig sett förut, tittade in.

- Jaha, här var det bara småbilar då får jag väl gå vidare då…

- Bara och bara… kunde Sissi inte låta bli att säga.

- Jaja, vi vet det alltför väl, kom det lite tystare från Moby. Frågan är väl om människan i dörröppningen vet det.

- Vad gör den där människan här? Protesterade Tod.

Bobby som tyckte likadant hakade på.

- Exakt, det kan man faktiskt undra över... Bobby kom inte längre då det ringde i en mobiltelefon.

Kvinnan som nyligen stått i dörröppningen svarade...

- Frankie här... Vem är det som stör på andra sidan av tråden?

- Raud, men jag trodde du skulle känna igen min röst vid det här laget i alla fall.

- Jodå, vad kan du ha på hjärtat då?

- Du vet den där prototypen vi ska göra...

- Vad är det med den då? Några problem...

- Pengar...

- Aha, det vanliga alltså. Jag vet att det här kan låta tråkigt, men det som vi kan göra i detta läge är att bygga en prototyp. Vi behöver den för att kunna visa upp för intressenter. Jag har varit i kontakt med olika bolag men än så länge har vi inte fått några klara besked. Vi får avvakta helt enkelt...

- Hur länge då?

- Ja, tiden rinner iväg det håller jag med om, men du får trösta dig med att det är flera bilbolag som nu på allvar tagit upp den tråden. Flera bolag arbetar ändå med att ersätta bensinen till mer miljövänliga drivmedel. Men du Raud, i det här landet är inte solpaneler på biltaket någon bra idé.

- Ha ha, kanske inte.

- Vi får snacka mer sen... Vad tror du om att ställa in den lilla prototypen hos de små bilarna?

 *96*

- Det får du ta med Agneta och Cecil. Vad jag tycker spelar ingen roll i sammanhanget...

- Kanske det... Men nu frågar jag dig?

- Tja, det finns redan en typ där inne, om det kommer en till kan det väl aldrig skada...

Vad Frankie tyckte om det svaret kom aldrig fram riktigt, men det var någon annan som protesterade mer högljutt.

- Ska vi få hit en sån där till... protesterade Adam.

- Vad gör det? Den ska i alla fall inte stå här inne i bilhallen eller hur? Berta kunde bara inte låta bli att poängtera det för Adam. Det här var något som även Blåvinge höll med om och det retade Adam något otroligt.

- Brr...

- Vad sa du Adam lille... Vi andra hörde inte så bra, retades Blåvinge.

- Ska du inte tala om nu vad det är som trycker dig, lille Adam? Vegas kunde bara inte låta bli att fråga, fast hon mycket väl visste var problemet satt.

- Nähä, det gör jag inte. Kom det kort och bestämt från denna stolta bil med mycket krom.

- Adam lilla, kråma dig inte nu, lätta ditt hjärta i stället, pressade Helga på.

- Måste hålla med dig hjärtat, smörade Hugo till sin Helga. Han får nog lov till att erkänna att han var bra nyfiken själv på vad det hela kunde vara för nått.

⚜ ⚜ ⚜ *97* ⚜ ⚜ ⚜

- Seså, gormade Madame Louise som vaknat på fel sida, ta bort det där bladet från truten och sätt igång.

- Näpp, det gör jag inte...

- Nähä, inte det då får väl jag göra det då, skrattade Vegas, för hon tyckte inte det var något speciellt att väsnas över. Förutom det att en viss bils så kallade självkänsla kan få sig några knäckar förstås.

- Vadå? Frågade Tekla nyfiket.

- Det var så här... började Vegas.

- Stopp, skrek Adam, det där klarar jag av själv.

- Jaså... sa de andra bilarna som i en kör.

- Men snälle Adam gör det då... poängterade Charleston.

De andra bilarna tittade uppfordrande på Adam, för att se om och när han skulle börja med sitt lilla föredrag. Ett föredrag som verkade att dröja då minuterna gick och inget verkade att hända, förutom att Adam skruvade på sig. Vegas väntade och väntade..., det är bara det att som den otåliga dam hon är drog hon en suck och tog sats för att börja berätta...

- Jag ska... Men det behöver väl inte vara just nu eller... kom det oroligt och lite desperat från Adam.

- JOOO NU, kom det som i en kör från de andra bilarna i hallen.

- Hm, det kan inte vänta till imorgon då...

- NEJ.

 *98*

- Jaha, får väl anse mig besegrad då, kanske…

- Vadå kanske? Undrade Alfred.

Här drog Adam ett så djupt andetag att motorhuven nästan drog ihop sig, innan han till slut började att berätta.

- Vegas och jag körde från New York mot Florida… Här avbröts han av Helga.

- Varför skulle du till Florida?

- Därför att det var där som en bekant fanns till Esmeraldas representant som Vegas körde… Är du nöjd nu? Frågade Adam fränt.

- Förlåt då… ursäktade sig Berta.

- Innan vi fortsatte så lastade de i mitt bagage ordentligt, måste jag säga. Georges eget bagage lastades över till Vegas. Vi hade bara kört en bit då en riktig TYP körde om mig och gjorde så att jag körde i diket, fnös han. Inte nog med det så drog TYPEN upp mig. Jag har aldrig blivit så förödmjukad i hela mitt liv.

- Hm, det var en intressant story.

- Vad var det för en TYP? Undrade Berta försiktigt.

- Säger jag inte.

- Snälla, rara…, Kom det bedjande från de ljusa rösterna bland veteranbilarna.

- Har man sagt A får man säga B, trallade Helga fram.

- En fyrhjuling, grymtade Adam svagt.

 *99*

- Vadå? Kom det från Hugo. Han verkade nästan sträcka sig fram för att höra.

- EN FYRHJULING, skrek Adam.

- Hopps, ja det var en riktig TYP, konstaterade Berta leende.

- Det var inte vilken fyrhjuling som helst, tillfogade Vegas med ett skratt. Det var ett riktigt hemmabygge dessutom.

Efter detta avslöjande att ett hemmabygge dragit upp Adam kunde bilarna faktiskt inte låta bli att dra på grillarna, förutom Adam då. Efter detta avslöjande återtog bilarna sina platser och inväntade morgonens och dagens begivenheter.

Kapitel 10

Säsongsavslutningen

När revyn som nu är ändrad och till flera delar helt ny ska till att spelas upp, har det nya bilmuseet fått gäster som inte kommer från Grängesberg. Eller nåja, de har ändå vissa anknytningar får man väl säga. En i det närmaste rakt nedstigande led från Snickarens bror i Tyskland har kommit till museet. När Frankie satte sig ner för att släktforska hittade hon intressanta händelser som förklarade hennes uppväxt i Australien som hon inte har haft en aning om. En av Snickarens brors sonsöner i Tyskland löste sitt problem med barnlöshet med att helt enkelt göra en annan kvinna med barn. Innan barnet föddes ändrades emellertid deras situation då mannen dog. I och med det åkte frun tillbaka till sin släkt, de såg inte heller med några välvilliga ögon på denna lösning. De erbjöd henne att behålla barnet och en möjlighet till en nystart i Australien. Eftersom hennes känslor för det lilla livet som växte i hennes inre bara blev varmare för varje dag som gick, bestämde hon sig för att ta emot erbjudandet. Efter flytten till Australien föddes barnet som hon gav namnet Frank. En kort tid efter Franks födelse gifte hon sig med en man som hade smeknamnet Peppe och fick flera barn. När Frank kom upp i åldern började han skriva han ner sina tankar i en dagbok. En tanke som utmärker sig är att han misstänker att Peppe inte är hans riktiga far, "snarare en farbror om ens det". Han beskriver det hela med orden "Jag vet inte hur släkten känns, men denna konstiga samhörighetskänsla finns inte här". När Frank själv gifte sig fick de flera barn som senare spred ut sig till flera kontinenter. Det var bara ett av barnen som valde att bo kvar i Australien, som sen fick en dotter som kallas för Frankie. Det här blev visst lite krokigt ändå. När Frankie släktforskade får hon veta allt det här och som den handlingskraftiga kvinna hon är tar hon kontakt med sina släktingar. De hon hade kontakt med var Leo Domaren, som nu tyvärr gått bort men Mirjam har tagit över Leos stol kan man väl säga. Sen är det Cecil, Raud och Ockraren Dans släkting, Dahlström, som egentligen inte är hans släkting men han får vara med på tåget ändå. De kom överens om att göra något för Grängesberg och då de allihop hade ett intresse för bilar, fick det bli ett museum om gamla bilar. Frankie som har kontakter där man håller på med att utveckla nya drivmedel fick tillstånd för ett prov laboratorium i närheten av Snickarens lada. Det här möjliggjorde att testning av nya drivmedel kunde göras. De tog kontakt med dåvarande kommunchefen och fick med honom på tåget också och på den rullningen är det.

Nu har de alla samlats för att få veta vad revyn ska handla om, blir det något om Petersburg kanske eller… Denna gång var det Kalle som fick stå för presentationen av revyn.

- Jaha, då min kära publik är vi här igen, denna gång för att se en alldeles speciell liten revy. De som spelar är som förut, Vilde, Mandel, Flingan och Ricky. Vi får väl se vad de hittar på…

Efter detta lilla tal drogs ridån upp och musiken spelade upp, samma som förra gången. Som sagt förra gången var det en viss dam som protesterade något, hon lär inte gilla det bättre denna gång heller…

- Inte den igen… stönade Madame Louise högt.

- Dina musiknerver blir verkligen pressade i år… undrar om det kommer att fortsätta till nästa år, retades Orvar till Madame Louise.

- Ta det lite försiktigt, Orvar, förmanade Alfred. Du kommer väl ihåg vad som hände senast, sa han och blinkade lite pillemariskt till Orvar.

Efter den kommentaren dök Vegas upp, alltså Flingan, på scenen…

- Jadå det kommer vi ihåg… Men nu ska ni få veta om en grej jag hörde…

- Vadå? Frågade de andra bilarna till henne.

- Vi har fått besök… från andra sidan av klotet.

- Jaså det… trumpetade Orvar glatt.

- Visste du om det, din rackare, frustade Vegas lite surt.

- En annan sover lätt, småflinade Orvar till Vegas.

- Och vad ska det betyda mera exakt? Frågade Madame Louise lite klurigt.

- Betyda och betyda… Jag hörde när den där damen och Raud stod vid dörren och snackade däruppe.

 *103*

- Jaha och vad gick deras snack ut på då? Frågade Alfred.

- De hade med sig en prototyp som de skulle till att ställa in bland de andra typerna... skrattade Orvar.

- Och vem har talat om det för dig då? Kom det tjurigt från Vegas. Det var ju det som hon hade velat tala om.

- Nu ska ni inte bråka om det... utan du kan väl fortsätta istället, kom det uppmanande från Madame Louise som trots allt började bli nyfiken.

- Raud och damen tänkte visa upp deras prototyp, den ska visst vara bland de mest moderna och miljövänligaste som man kan tänka sig. De vill att folk får se hur bra det är att åka i prototypen som de tagit fram. Det var bara det..., suckade Vegas.

- Jaha... När ska de visa upp den då?

- Sa inte damen något om faktiskt. Det var ju lite underligt i och för sig, det tänkte jag faktiskt inte på... Kom det lite dröjande från Vegas. ...Nu när du nämner det.

- Då ska du se att det kommer fram så småningom, skrattade Orvar.

- Vi får väl se... vi får väl se, upprepade Alfred lite olycksbådande.

- Vad är det som du kraxar om? Fnyste Madame Louise som inte tyckte om sådana där halvmeningar från någon, men absolut inte från Alfred. Här låg några hundar begravda kände Madame Louise.

 *104*

När Orvar åkte in och höll upp skylten med PAUS kunde man höra ett visst stön från publiken. Det var några bland bilarna som instämde med publiken...

- Fy bubblan… protesterade Tekla. Jag som ville veta…

- Lugna dig, tjejen… tröstade Starwar henne med.

- Lugna och lugna… frustade Vegas.

- På vilken sida har du vaknat på idag då? Frågade Alfred vänligt och oskyldigt.

- Styr eller babord… fyllde Orvar i.

- Bry inte din lilla hjärna med det du. Jag tror att slagsidan passar bättre, skrattade Hugo och blinkade illmarigt till Helga.

- Blanda inte in mig, du. Vegas blessyrer får hon ha för sig själv, de tänker jag inte ta i med tång en gång…

- Det var väldigt vad blött det har blivit, kommenterade Starwar. Man kan undras över hur hård denna sjögång har varit?

- GRRR… hördes det från Vegas, som började att titta sig runt omkring efter någonting.

En sådan tur då att pausen tagit slut och aktörerna intagit scenen igen. Nu fortsätter de med sin knasiga dialog och att mala på men de verkar inte komma någon vart…

- Nehej det här går inget vidare, vi bara stampar på samma fläck, konstaterade Madame Louise.

- Håller med, så tills vidare får vi nog lämna ämnet, sa Orvar lite trött.

 *105*

- Må så vara men… började Vegas men här blev hon abrupt avbruten av Alfred.

- Inte nu igen, har vi lämnat ämnet eller har vi inte gjort det?

- Det var bara en liten…

- GREJ, fyllde de andra i med.

- Okey, jag ska vara tyst. Men det var bara en liten grej…, protesterade Vegas.

- HMM, brummade de andra.

- Det är inte om prototypen, skrek Vegas i sin frustration över de andra.

- Vad kan det då handla om? Frågade Orvar lite småfinurligt.

- Saltpetersburg? Kom det trevande från Madame Louise.

- Hur kunde du veta det? Protesterade Vegas.

- Veta vadå? Frågade Alfred med en oskyldig min.

- Försök inte med mig, fnyste Vegas tillbaka. Ni känner säkert till det lika bra som jag… Efter det så ville Vegas inte säga ett ord till.

- Tror Vegas blev lite stött… sa Alfred lite fundersamt.

- Skulle tro det…, nickade Orvar.

- Hur gör vi nu då? Frågade Madame Louise. Orvar har inte du något? För vi kan inte låta henne köra på den linjen.

- Är det någonting som har med saltpetersburg att göra? Funderade Alfred.

 *106*

- Eller är det Peter, him self, det är frågan om? Fortsatte Orvar.

- Hm, var du lustig nu... Eller är det om hamburgaren? Fortsatte Madame Louise. Snälla, rara Vegas...

- Kan du inte berätta? Försökte Alfred att beveka Vegas.

- Får väl lov till att göra det då, yttrade Vegas lite småsurt.

- Äsch, kom igen nu kattan... Kom det från Orvar.

- En ledtråd kan vi väl få? Smörade Alfred.

- Det handlar faktiskt om Peter och hans burgare...

- Inte enbart om Saltpetersburg då? Undrade Madame Louise.

- Nej.

- Hm, vilka andra burgare har Peter gjort? Frågade Alfred.

- Het, Peters Vegetariska och Kycklingburgare står numera på menyn har jag hört, sa Vegas stolt.

- Vad har hänt med Saltpetersburg? Undrade Madame Louise.

- Den är struken. Det blev en liten miss den där gången bara, har inte upprepats... Men det blev en kul grej av det, skrattade Vegas.

- Skönt att ha dig tillbaka, log Alfred.

I denna mysiga anda fortsatte revyn mot sitt slut. När tiden var inne för att avsluta revyn körde en liten bilprototyp in på scenen. Det var den som Frankie och Raud tagit fram. Prototypen körde ut på scenen med skylten SLUT samtidig som den gjorde lite

⚜ ⚜ ⚜ *107* ⚜ ⚜ ⚜

piruetter. Något som fick de andra att rygga tillbaka...

- Vad är det här? Sa Vegas och ryggade.

- Det är den där typen, skrattade Orvar.

- Den där... hojtade de andra. Du skojar.

Men typen snurrade runt och körde mot dem.

- Hjälp... typen motar bort oss från scen.

När typen väl var ensam på scen gjorde den en egen liten uppvisning och avslutade hela revyn på ett högst spektakulärt sätt. Publiken som såg det kunde inte låta bli att skratta åt typen på scenen, de andra bilarna i museet kunde inte heller låta bli att dra på grillarna.

- Vilken söt liten bil... hörde man från publiken.

Kvällen kom att avslutas med många skratt. Och för revyartisterna började det även infinna sig vissa förväntningar på vad morgondagen ska bjuda på. Revyartisterna samlades hos Ville för att få ett ordentligt avslut på upplevelserna...

- Jaha, är det någon som tror att det blir någon mer gång som vi ska uppträda, undrade Kalle.

- Fler gånger... Med denna, var någonstans? Frågade Ricky oroligt.

- Han skojar, fattar du väl... sa Flingan.

- Håller med, sa Ville. Han trodde inte heller på någon fortsättning.

- Stop nu, sa Kalle. Ni är ett gäng som gärna vill spela amatörteater och frågan är väl om ni vill fortsätta med det?

- Jo, sa de allihop.

- Då kanske vi ska leta upp en amatörteaterförening eller bilda en egen, så ni kan fortsätta. Vad säger ni om det? Undrade Kalle.

- Låter bra, men inte nu på en gång. Vi kan väl titta på det om några veckor? Kom det frågande från Mandel.

- Håller med dig. Sa Flingan och Ricky nickade instämmande.

- Då säger vi så då. Vi ses här igen om... Ska vi säga tre veckor? Frågade Ville.

- Jäpp, sa Ricky och de andra instämde i det i olika tonarter.

⚜ ⚜ ⚜ *109* ⚜ ⚜ ⚜

Kapitel 11

Vad händer sen?

Efter den nyligen avslutade säsongen, som varit både händelserik och lyckad, samlades all personal på Bilmuseet för att diskutera denna säsong i det Nya bilmuseet. Det som står på dagordningen gällde inte bara en utvärdering av den här säsongen. De behövde samtidigt ta ställning till en hel del förändringar som står för dörren. Förändringar som inte bara gäller själva museet men som definitivt påverkar den. Agneta inväntade eftersläntrarna... Hittills så hade bara hon, Benneth och Peter dykt upp till mötet.

- Jaha, började Agneta med att säga, vad säger ni om denna säsong?

- Tja, vad ska man s...

Hur det än var så hann man inte påbörja mötet riktigt ordentligt innan något inträffade. Benneth blev avbruten av att mobilen ringde, den riktigt skrällde...

- Cecil, vad är det frågan om... Ska inte du vara här?

- Jo, men jag hann inte åka förrän Leif ringde från Bilhallen. Det är om Raud... Det var något om hans magsår, jag vet inte så mycket mer än det, han är i alla fall på väg till Uppsala... i helikopter.

- Vad? Skrek Benneth i örat på Cecil.

Cecil blev tvungen att hålla mobilen ifrån sig innan han sa…

- Jag pratade med läkaren och han sa att det var ovisst om Raud skulle klara det ens till Uppsala…

- Men vad är det som har hänt? Frågade Benneth i en något lugnare ton, fast han var allt annat än lugn.

- Leif sa att det var något med hans magsår, mer än så vet jag faktiskt inte.

- Jaha, då har det gått upp igen… Konstaterade Benneth.

Benneth visste om att Rauds problem med sitt magsår har varit mycket påtagliga på den senaste tiden. Morsan hade faktiskt varit väldigt bekymrad för den saken skull och velat skicka in honom till akuten ett flertal gånger… Men den gode Raud lyssnade som vanligt inte på det örat, fast han innerst inne mycket väl visste att han borde åkt iväg för att kolla upp magsåret. Ja ja, nu är han i alla fall på väg… Frågan är bara om han kommer tillbaka? Funderade Benneth vidare men han sa inget.

- Hoppas det löser sig… Var det enda som han kunde säga. Han hade dessvärre inte några större förhoppningar om att det gör det denna gång.

- Leif har åkt med i helikoptern... Han slår väl en signal lite senare så du får väl vara beredd på en resa menar jag.

- Har du ringt till… längre kom inte Benneth innan tårarna började rinna nerför kinderna.

- Nej det har jag inte gjort men nu ser jag att din morsa kommer springande. Hon verkar upprörd… Jag hör av mig.

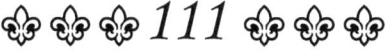 *111*

- Tack…, var det enda Benneth sa.

- Ska vi ta det här mötet en annan dag? Tror inte vi kan komma fram till nått nu när Raud ligger där han ligger. Vi vet ju inte hur det går? Frågade Agneta till de få som kommit till mötet.

- Lika bra det, sa Peter. Benneth nickade instämmande då han inte kunde få något ljud från sin ihop snörda strupe.

Efter att de har avslutat det oavslutade mötet väntade de alla på att få veta hur det var med Raud. Bilarna som åhört det hela stod på sina platser ganska så stumma inför denna nyhet. Vad skulle till att hända nu? Raud hade ändå varit den som hållit i det mesta som rörde de gamla bilarna, för att inte tala om hans fru som letat upp deras historik.

- Det kanske blir lite nytt… kom det försiktigt från Starwar.

- Men jag vill inte höra talas om det, hör ni det, protesterade Madame Louise.

- Tror inte du har någon talan i det här fallet… kom det uppgivet från Orvar.

- Instämmer med föregående talare, pressade Vegas fram.

- Vad är det här...? Det är ju rena rama begravningsprocessionen, protesterade Blåvinge som varit tyst en lång stund.

- Håller med dig visserligen, men vi får väl ändå vänta och se… Tycker ni inte det? Försökte Hugo framhålla.

- Kanske men det är så mycket som har surrat runt på den senaste tiden… protesterade Adam.

⚜ ⚜ ⚜ *112* ⚜ ⚜ ⚜

\- Vad är det som har surrat för dig? Undrade Berta stillsamt.

\- Men har ni inte hört? Benneth och Agneta tänker slå ihop sina påsar för att sen dra härifrån, muttrade Adam butter. Och de två är inte de enda som kommer att dra, tillade han.

\- Jaja, vi vet att Båstad och Vilde har flyttat ganska nyligen åt Göteborgshållet till… än sen då, fyllde Blåvinge i.

\- Då blir det inte några fler revyer i museet då, nu när Vilde har åkt…, kom det hoppfullt från Madame Louise.

\- Ha ha ha… skrattade Orvar men tystnade efter en stund då en mycket talande blick kom från Madame Louise.

\- Varför åkte Båstad och Vilde i väg då? Undrade Helga nyfiket.

\- Tango och hans fjälla ska öppna ett pensionat i huset som George har ärvt efter sin far. Båstad och Vilde har flyttat dit för att hjälpa till…, fnös Grålle.

\- Då är det bara Leif och Cecil som är kvar… summerade Hugo.

\- Ropa inte hej förrän du kommer över ån, Hugo, förmanade Helga.

\- Helga, vad menar du med det? Kom det från flera av bilarna. Det verkade som att flertalet av dem har blivit tagna på sängen.

\- Leif tänker flytta med sin familj in till Ludvika, har jag hört, och då blir Cecil ensam kvar här men det verkar som att han ska lämna oss också…, längre kom inte Helga.

⚜ ⚜ ⚜ *113* ⚜ ⚜ ⚜

- På tal om Ludvika... började en av bilarna att säga.

- Vadå? Undrade en annan.

- Jo, det var bara en liten kuriosa grej som jag hörde från några klienter. Jag körde några ungar från Kopparberg till Ludvika och när vi närmade oss Grängesberg började de som satt där bak i bilen att rabbla upp en liten ramsa...

- Vad sa de då?

- Ludvika, puddvika, leverpastej...

- Ha, ha, det var ju kul, skrattade Hugo.

- Men från det ena till det andra... Vad är det Leif tänker göra i, puddvika? Kom det upprört från Adam.

- Det var något om en styrelse, mer vet jag inte urskuldade sig Helga.

- Så du menar att de tänker överge oss bara si så där..., fnyste Charleston tappert.

- Jaa..., men det kan väl bli bra ändå... sa Helga tappert. Hon lät inte riktigt glad över hur saken har utvecklat sig.

Bilarna blev avbrutna av att en gäll signal flög igenom bilhallen, några har tydligen kommit in utan att tänka på att larmet faktiskt var påslaget. Det var tur då att en av dem kunde stänga av den.

- Vad säger professorn om lokalen? Undrade kommunalchefen.

- Ser lovande ut...

- Men hur har du tänkt göra med de gamla bilarna?

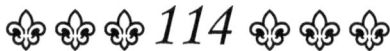

- Cecil sålde först sex bilar till George som i ett paket och sen Blåvinge. Vi kommer att utöka den här verksamheten till att det även finns andra grejor. Vi får se vad som kan komma fram från styrelsemötet i nästa vecka.

- Vilka bilar är det som George tar med sig då, förutom Blåvinge? Frågade kommunalchefen med sjunkande hjärta.

- Adam, Berta, Helga, Hugo, Grålle och Charleston, räknade hon upp. Cecil kör ut dem till Båstad som kör ner dem till Georges ställe. De tänker ha ett litet museum där på gården... tydligen, sa hon och skrattade till vid den tanken.

När bilarna hörde det var det inte bara kommunalgubbens hjärta som sjönk utan även bilarnas, och de kunde inte protestera heller. Hade de kunnat göra det så har de troligen gjort det. Från den här stunden blev det tyst i bilhallen och en känsla av begravning kom att vila över bilarna. Det verkade nästan som att det bara blev skalet kvar på bilarna i hallen... Man kunde nästan tro att bilarna har tystnat för gott i den nya bilhallen.

- Hur är det med Raud? Kom det fundersamt från kommun-gubben.

- Han kommer att begravas i nästa vecka, kom det långsamt från professorn.

- Och sen...

- Vi får se efter det... orkar inte tänka på det nu.

- Nä nä...

Säga vad man vill men det verkar som att släkterna kommer att

skingras efter denna säsong. Den enda som blir kvar för en tid i alla fall verkar vara Cecil som kommer från Dahls släkt och Professorn som kommer från Snickarns släkt. Dagarna gick och efter några månader påbörjades en febril aktivitet när vissa bilar ska flyttas från Bilmuseet över till en långtradare. En långtradare som ska ta dem med på en resa söderut. Återigen skulle det bli en resa för Helga, Hugo, Berta och Adam, men denna gång hänger även Grålle och Charleston med. När alla bilarna väl var samlade och inställda i långtradaren vände sig Cecil och Båstad om…

- Adjö då… får man väl säga.

För Bilmuseet del så ändrades inriktningen då flera av bilarna försvinner. Det man gör nu är att ställa i ordning för utställningar och placera ut de olika motorerna som man fått in. I dagarna har man sagt adjö till namnet "Bergets Nya Bilmuseum", det här blev inte långvarigt, men som sagt saker och ting händer. Speciellt om det hänger på vissa individer, men denna gång så är det kommunen som ansvarar för själva museet. De som har lagt pengar i Bergets Bilmuseum har nu dragit sin kos. Så en ny skylt ska göras i ordning, det är bara det att man ännu inte har enats om namnet... Ska det vara Motormuseum… eller Nostalgi… nja, det passar inte riktigt. Utställningshallen… nja, det låter heller inte riktigt bra. Motornostalgiska museum… Nja, det verkar inte heller låta något vidare, till slut enades man om att det får bli Bergets bil och motormuseum. I museet har de flera olika moto-rer, det sträcker sig från den äldsta som är en gammal tvåtaktare till en helt ny och fräsig motor. När de rörde om bland grejerna ute i skogen så hittade de en gammal elmotor som låg i en stor trälåda. Den ligger nu i ett rum som ställts iordning i Bilhallen, i samma rum finns elektriska-, bensin- och dieselmotorer, till och med en gengasmotor ligger där. Vilket slut, vilket slut!! De bilar som inte har en originalmotor kvar i sig får nu lämna bilmuseet, då det blir för dyrt att installera en motor som de egentligen ska ha. De här bilarna får nu vara med om en resa som de nog inte kommer att glömma speciellt fort. När långtradaren stannade och dörrarna slogs upp på vid gavel, kunde de känna de salta vindarna smeka över motorhuvudet och doften av tång och hav slog emot dem. En efter en kördes de ut på den stora tillplattade gårdsplanen, de parkerades inne i den gamla ladan. När de väl kommit in i ladan kunde inte Hugo låta bli att fråga Helga…

- Vad säger du nu då? Du kan inte klaga på att ladan inte har levt…

- Levt, jag lever väl för i all sin dar än, hojtade ladan upprört.

- Flåt… log Hugo. Det han tänkte på var att det lät nästan som Madame Louise, i alla fall så är det bra likt. Det var inte bara Hugo som tycka det...

- Det låter som Madame men hon kom väl inte med…

- Definitivt inte, och jag skulle inte kalla henne för lada heller… påpekade Berta.

- Det skulle inte vara så hälsosamt… höll Helga med om. Vad det gäller ladan så kan jag bara konstatera att den lever än… fast i annan tappning.

⚜ ⚜ ⚜ *117* ⚜ ⚜ ⚜

- Här tappas ingenting.

- Upp.

Det var det enda som kom över bilarnas läppar, förutom att de verkade dra lite på sina grillar i ett leende. Under tiden som de inväntade för att få reda på vad som nu skulle hända kom George in...

- Jaha så är de nu samlade igen... Jaha du Adam, vad ska vi nu hitta på? Vi måste skruda upp dig till våren ser du. Vi ska ha bröllop på gården så vi har en del att göra... Ni andra med.

George gick lite fram och tillbaka samtidigt som han funderade, hur ska de hinna få bilarna i ordning och hur ska det gå till? Det var i och med att han ärvde gården som den här idé kläcktes, Det är lite av en chansning men den kunde gå hem... Om den bär sig om två år då fortsätter de, annars... I alla fall så var han glad över att få återse sin gamla bil, Adam. När han fick chansen att få hem honom tog han den när bilarna såldes ut från Bergets Nya Bilmuseum. Att de andra bilarna samtidigt också hängde med som i ett paket såg han mer som en bonus. George, ropade en flicka med en trevlig röst.

- Jaa...

- Kaffet är serverat.

- Kommer på stubinen.

När de gick iväg till det kära kaffet kunde flickan inte låta bli att fråga...

 *118*

- Men hur blir det med farmors bil, Blåvinge?
- Kommer där borta…
- Jippi, då blir Rosa glad.

Slutet gott nu då bilarna från Berget förenas i denna gamla lada… Eller rättare sagt i det gamla vagnslidret som numera är gårdens museum. Helga kan i alla fall inte klaga på att lidret inte har levt… det är bara så synd att inte Folke kan vara med. Folke, den gamla Folkvagnen som fick lämna in skulle säkert trivas här. Ja ja, men så är tiden den ena kommer och den andra går, bara några få hänger kvar i minnet ändå. Att de får vara tillsammans med sina vänner i vagnslidret, är i alla fall bra mycket bättre än den tiden när Helga stod parkerad i diket där uppe på Berget. Den tiden då Hugo avlämnades i glömskans dal där även Folke fanns. För Adams del kom han ju därifrån med blotta förskräckelsen för att sen hamna i Bergets bilmuseum. Och när Berta inköptes och kom till museet höll Adam nästan på att hoppa ur sin kostym, så glad blev han av att träffa sin gamla kompis. Grålle som ändå var den första som kom till museet gjordes om till en elbil, efter det fick han bogsera in de andra bilarna. Som elbil kunde han ostört smyga runt och uppfatta både det ena och det andra. Den stunden när Helga blev hämtad från Berget så tog de även med sig Charleston, något som Grålle säkert uppskattade.

Men det är något som stör... Jag tycker mig höra att det är någon som knorrar. Säg nu inte att lidret vill lägga in en protest.

❧ ❧ ❧ *119* ❧ ❧ ❧

Några sidor med förklarande innehåll och utgivna böcker

Släktregister

Hendenberg
Dahl

Bilarna
Personer
Böcker

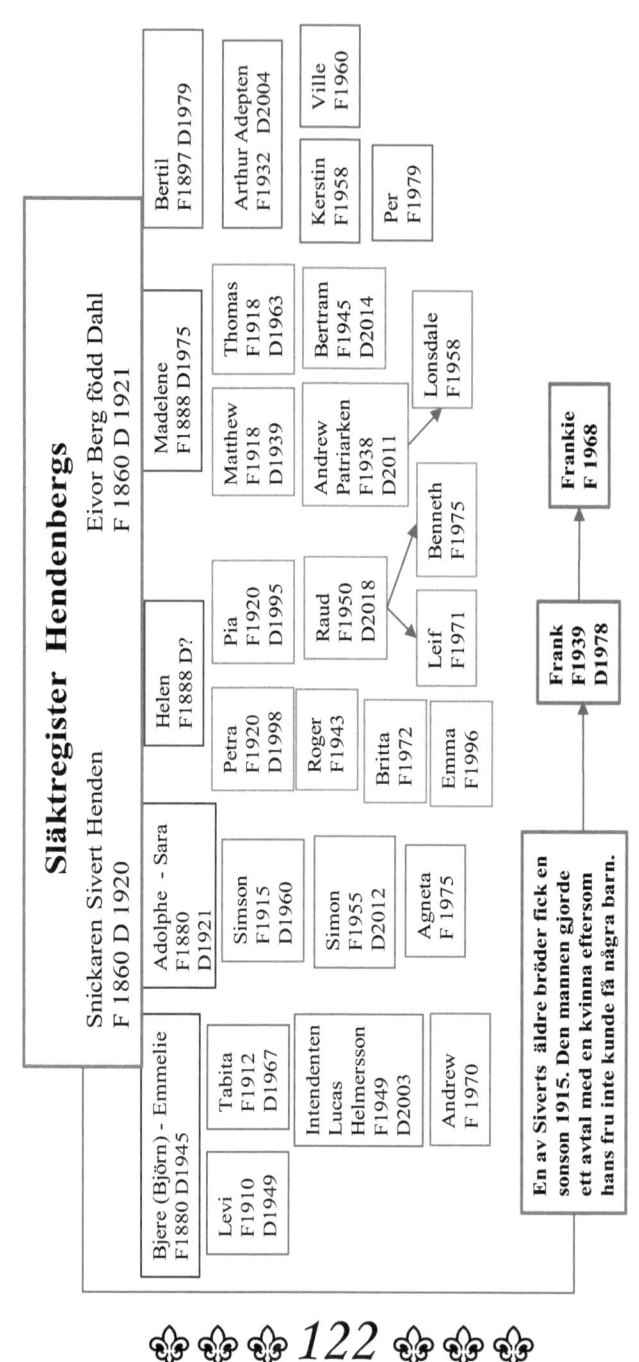

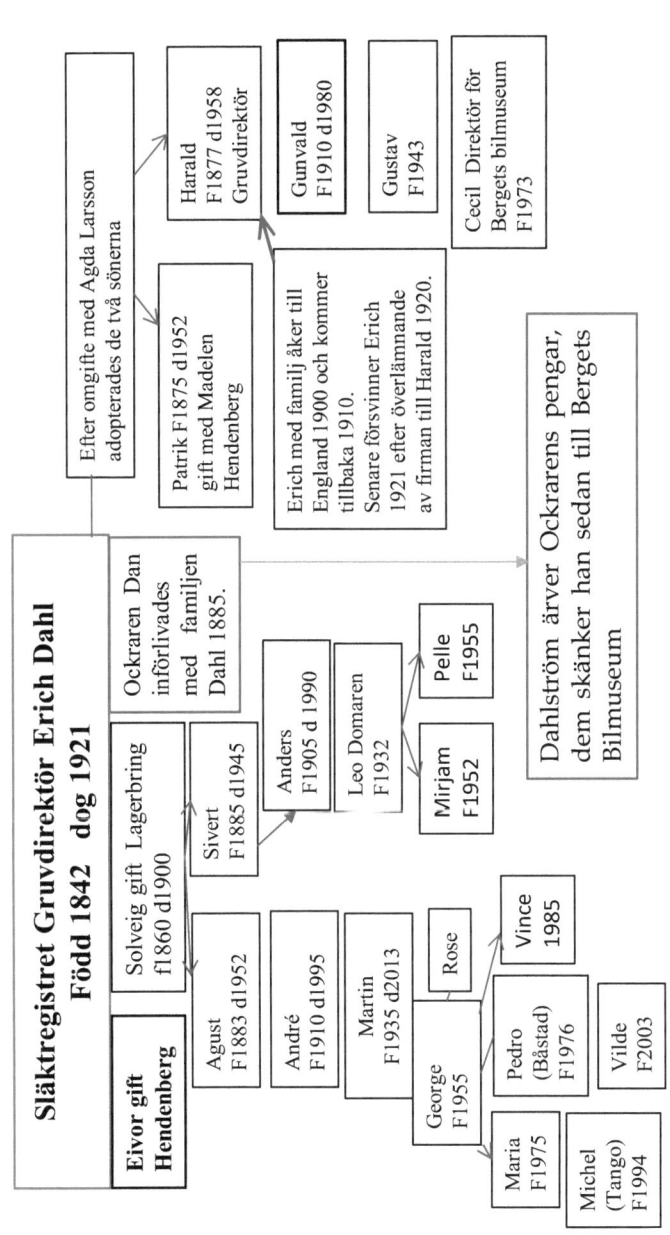

Släktregistret Gruvdirektör Erich Dahl
Född 1842   dog 1921

Efter omgifte med Agda Larsson adopterades de två sönerna

Harald F1877 d1958 Gruvdirektör

Gunvald F1910 d1980

Gustav F1943

Cecil Direktör för Bergets bilmuseum F1973

Patrik F1875 d1952 gift med Madelen Hendenberg

Erich med familj åker till England 1900 och kommer tillbaka 1910.
Senare försvinner Erich 1921 efter överlämnande av firman till Harald 1920.

Ockraren Dan införlivades med familjen Dahl 1885.

Solveig gift Lagerbring f1860 d1900

Sivert F1885 d1945

Anders F1905 d 1990

Leo Domaren F1932

Pelle F1955

Mirjam F1952

Dahlström ärver Ockrarens pengar, dem skänker han sedan till Bergets Bilmuseum

Eivor gift Hendenberg

Agust F1883 d1952

André F1910 d1995

Martin F1935 d2013

Rose

George F1955

Vince 1985

Pedro (Båstad) F1976

Vilde F2003

Maria F1975

Michel (Tango) F1994

❧ ❧ ❧ *123* ❧ ❧ ❧

Bilgalleri

Huvudpersonerna
Alfred, Vegas, Madame Louise, Orvar

Andra bilar som är med i berättelsen
Helga, Hugo Adam, Berta, Blåvinge, Jenny, Starwar, Tekla, Grålle, Charleston, Vincent (Vinne), Loke, Mariana, Folke

De mindre bilarna
Sissi, Todd, Anna, Bosse, Bobby

I samma rum står även cykeln Moby i slutet på boken kommer en annan prototyp.

Persongalleri

Berättelsens personer
Cecil, Agneta, Benneth, Leif, Raud, Kalle, George
Larsson, Vilde, Mandel, Ricky, Flingan
Båstad, Tango, Frankie,

Poliserna
Berg och Kurre samt en annan polis

Motorknuttarna
Den silverglänsande Hondan -   Silver
Den blå metallic målade HD:n -   Rune
Den illröda ihop plockade cykeln -   Junior

Utkomna böcker

Romaner

Helgas story

- Helgas story och andra komplikationer... 2015
Nomen förlag
- Resan som ingen trodde på... 2016
Books On Demand
- Upplösningen 2018
Books On Demand

Deckare

- Mord eller självmord i skördetid 2016
Books On Demand
- En neslig historia 2018
Books On Demand